JN104387

インドの聖地タワンへ瞑想ツアー

銀色夏生

角川文庫
23894

インドの聖地タワンへ瞑想ツアー

２０１７年７月15日（土）～７月23日（日）

インド北東部にある7つの州。
セブンシスターズ（七姉妹州）と呼ばれる。

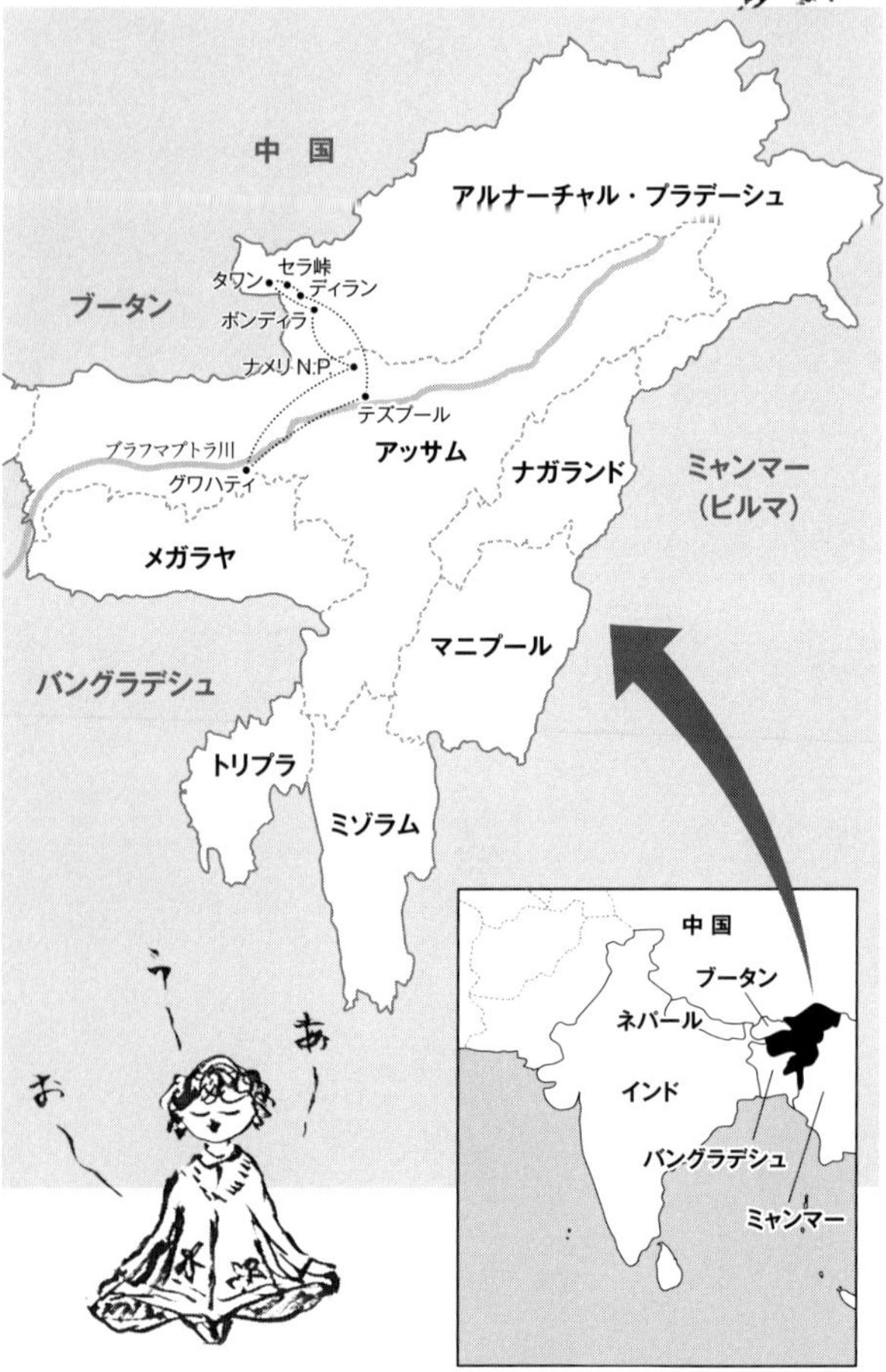

みなさん、こんにちは。

お元気でしょうか。それぞれの毎日をゆったり、あるいは忙しくおすごしのことと思います。今回は私が体験したインド旅行のことをお話ししたいと思います。

これは数年前に行った旅で、帰ってからすぐに原稿にまとめたのですが、なぜかすぐに発表する気持ちになれず、そのままパソコンの中に寝かせていました。

それが今年の春、突然、あのインド旅行の本を出したい！　という思いがわき起こってきて、改めて原稿を読み返し、今の視点の解釈をところどころに追加して完成させました。

なんというかたぶん、外に出していい時機が来たというか、旅の持つ活動的な感情が収まった後の、そーっと浮かび上がってくるものを書き残したいという思いが私にあったのではないかと思います。

私自身は書き加えながらふたたび旅をしてきたような気持ちになり、あの時は特に思わなかったけど、今は強くこう思うという部分もいくつかあって、この間の自分の変化にも気づかされました。今、日常生活をフレッシュな気分で過ごしています。私が感じたことが少しでも伝わったらいいなあと思います。


さてみなさん、インドの国の形を思い出してください。

南の海の方に三角形につきだしていて、北の方にもとがっている、トランプのダイヤのマークのような、ひし形のような形ですよね。そのひし形の北の端にあるのが以前に行ったラダック地方です。そして、右側、東の方に、25キロぐらいの細い細い部分でつながった複雑な三角っぽい形をした地域があるのをご存じでしょうか。

私は知りませんでした。

そこにはブータン、中国、ミャンマー、バングラデシュにぐるりと囲まれた「セブンシスターズ（七姉妹州）」と呼ばれる7つの州があります。

その中でいちばん北にあるアルナチャル・プラデッシュ州は、かつてパドマサンババというチベット仏教の開祖も訪れたチベット文化圏の一角で、その州にあるダライ・ラマ6世生誕の地であるタワンという町などのお寺を巡って、声を出す瞑想をするというのが今回のツアーの目的です。その州は中国が自国の領土だと主張していて今も緊張状態が続いています。そこに入るには入域許可証の取得が必要です。

「ヒマラヤ山脈の東端に位置し、険しい地形とモンスーンの影響を受ける自然環境のなかで、人々の往来は妨げられ、『一つ山や谷を越えればその向こうには異なる習俗の人々が住んでいる』といわれ、現在数多くの異なる民族が暮らす州となりました」とツアーのパンフレットに書いてあります。要するに、行くのが大変ということです。４０００メートル級の峠を越えて、３日かけてたどり着くという世界一聖なる場所とも呼ばれるタワン。いったいどんなところなのでしょうか。

初めに、このツアーに参加しようと思ったいきさつを説明します。

２０１７年4月、私はジム仲間で不思議なスピリチュアル感が漂うSちゃんに教えられてあるヨガ教室の体験レッスンを受けました。その先生がなんだかすごい人なんですよ、と言うので。

先生は小さくて細くて白いひげのある、とても体の軽そうなおじいさんでした。その姿は私に遠い昔、夏の北海道の原生花園で見た風にゆれるワタスゲを思い出させました。

先生は体がとても柔らかくて、普通の人にはできないヨガのポーズをとることができます。何十年にもわたりヒマラヤのふもと、岩と氷と水しかないインドの山奥に修行に通い、そこのヨガ行者とも親しくなったそうです。

ヨガと瞑想の他に、声を出す倍音声明《ばいおんしょうみょう》という瞑想も教わりました。

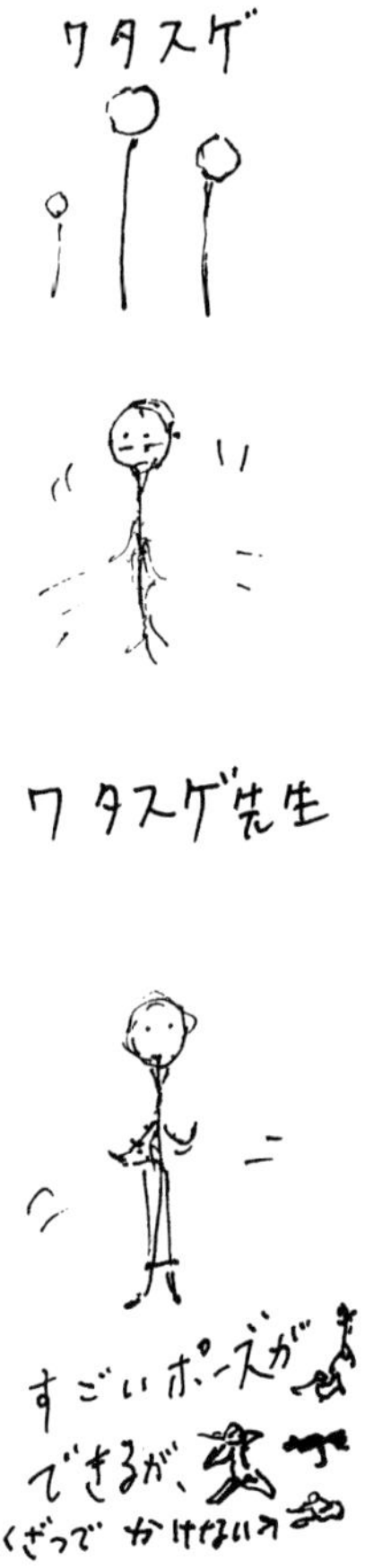
ワタスゲ
ワタスゲ先生
すごいポーズが
できるが、
ふくざつでかけない

倍音声明とは、チベット仏教の行法のひとつで、集団で母音（ウ・オ・ア・エ・イ）を唱え続ける瞑想です。低音を連続的に発声することで倍音が生じ、その倍音により体内に微妙な振動が発生する。その繊細な振動は心身を浄化し、チャクラの活性化を促し、深い瞑想状態へいざないます…とかなんとか。

暗い部屋で目をつぶり、みんなと声を出していると、なんとなく静かな気持ちになりました。

瞑想やワタスゲ先生に興味をもった私は、4月、5月、6月、の3カ月、その教室で行われるレッスンのいくつかと研修、1泊2日の合宿にトントントンと参加しました。すると最後の大物のように、7月のこのツアーが目の前にそびえ立っていたので

す。

もしかするとこのインドツアーまでが私の今回のヨガ研究の一連の流れで、ここまで体験すべきなのかもしれないと思いました。新参者なのに、いきなり海外ツアーに参加してもいいものだろうか。またしてもニュージーランドが蘇《よみがえ》ります。

前にニュージーランドの先住民の施設に雑魚寝《ざこね》し、中米から来られたマヤ族の方とともに祈りをささげるというツアーに参加し、なんともいえない気持ちになった私でした。苦しく印象的な体験で、すばらしい部分もあったけど、もういい、と思いました。

また前年に月1で連続6回も海外旅行に行った私は疲れ果てていて、海外旅行熱もすっかり醒《さ》め、「しばらくはもう海外には行きたくない」と思っていました。なにしろ長い飛行時間をエコノミークラスで行くのがとても苦痛になったのです。あまりにも後ろの席の子供が騒がしかったり、窮屈な思いをしたので。

なのでもしビジネスクラスの席がとれたら行こうと思い、旅行代理店の方に問い合わせました。

すると席がとれたと言われました。

行くことにしました。

行くとなったら楽しみです。

ここから遥《はる》か遠いところにあるお寺で、声を出す瞑想をみんなでやるのです。

そういえば…、声を出す瞑想で思い出しました。

そのニュージーランドのツアー中、ある土ボタルが棲《す》む洞窟《どうくつ》に入った時のことです。

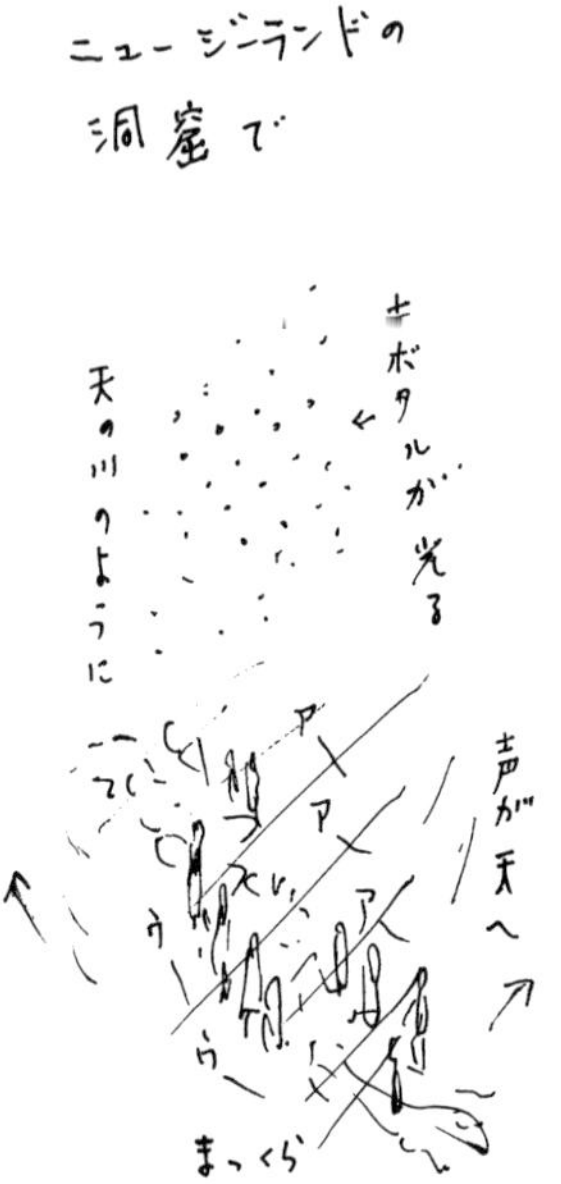
ニュージーランドの
洞窟で
土ボタルが光る
天の川のように
声が天へ
まっくら

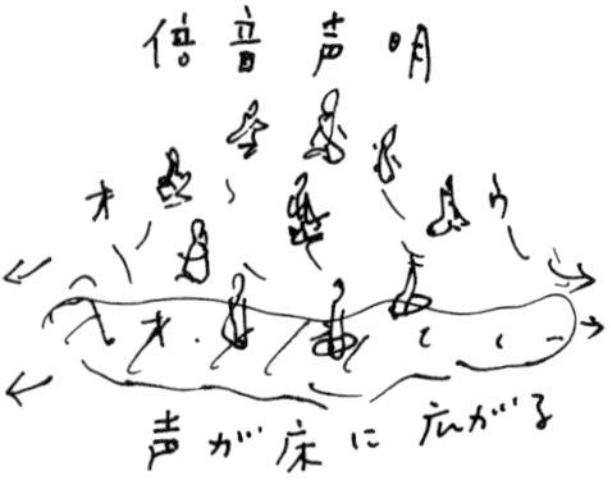
倍音声明
声が床に広がる

そこでライトを消して、真っ暗な天井に土ボタルが天の川のように青く輝くその下で、みんなで声を出すことをしました。

同行していた整体師の先生があるひとつの音を、アーとかって出して、それを聞いたみんなが追いかけて同じ声を出します。すると先生が少し音を変えてウーとかって言います。そしてみんなでその音に続きます。先生のアーやウーの声に続く私たちのアーやウー。それらが長く続いて、とても美しい神聖な音が洞窟に響きます。

それは聞いていても出していてもすごく気持ちがよくなるような、神聖な音色でした。歌は苦手だけど、ただ声を出すだけならできる。聞こえてきた音と同じと感じる声を口から出すだけ。それで一体感を覚え、心が鎮まる。

とてもいい体験でした。これは好き、と思いました。あの洞窟という場所がよかったということもあります。

声を出す瞑想《めいそう》みたいなものはあの時に体験したのが最初でした。

洞窟のはきれいなハミングとか讃美歌《さんびか》のような感じ、倍音声明は低い音が底に広がり重々しい感じです。

さて、「インドツアーに行くことにした」とSちゃんに報告したら、インドに詳しい彼女が「お寺に行く時は長そでの白い服で行った方がいいですよ。ひとつあれば、制服みたいにして、毎日洗濯したらいいんですよ。私はインドではそうしてました。できれば下着も白で。そしてひとりでふらふらどこかに行ったりしないで、できるだけ先生の近くにいてくださいね。邪悪なものにとりつかれないように。私は悪霊をいっぱい連れて帰ってきてしまいました」とアドバイスしてくれた。

「そうする」

すぐに駅ビルのMへ駆け込んだ私は白い服を探しました。するとたくさんありました。綿や麻のゆったりとした白いシャツがあっちにもこっちにも。迷うな～と思いつつ、大きめのゆったりとした白いシャツをカゴに入れる。白い下着は…買わず、生成りのにしました。たためる帽子や旅グッズもいくつか。ついつい余計なものまで買ってしまいます。ホント。

旅の準備をバタバタと終え、ついに出発。

瞑想の旅へ、いざ、行ってきます！

7月15日（土）

朝、6時35分に家を出る。

成田《なりた》エクスプレスに乗って、成田空港第2ターミナルへ。

集合時間は午前8時30分。

が、私が予約した電車が駅に着くのは8時33分。すでに遅れている。

説明会の時に、集合時間は飛行機の出発時間の2時間半前なので9時か8時45分になると思いますと添乗員さんが言っていた。近づかないと出発時間は確定しないものらしい。

で、当日の飛行機の出発時間は11時15分だとわかったので8時45分に間に合うと思って私は8時33分着の電車を予約した。

が、書類が届いたら、集合は出発ロビーに8時30分と書いてあった。

どうしよう。駅から集合場所まで、どんなに急いでも5分ぐらいかかりそう。

で、添乗員の方にその旨をメールしておいた。「集合場所に着くのは8時38分ごろになると思います」と。

電車が到着し、私は急いだ。

走った。

着いた。たぶん37分か38分。

集合場所に指走されていた場所には、すでに人々が集まっていた。

後ろから慌てて近づくと、添乗員のOさんが、「ああ。よかった〜」と安心したように私に書類を渡してくれた。

やはり私が最後だった。

みなさん、すみません〜と恐縮しながら添乗員さんの説明を聞く。あとで携帯に8時37分にOさんから留守電が入っていたことが判明。「今どこにいますか?」と。

みなさんに迷惑をかけなかったか大変気になる。


それから、各自でチェックイン。チェックインが終わったらエスカレータの下で再集合とのこと。

私は(ひとりだけ)ビジネスクラスなので、すぐに終わった。上の階のショップを見て回る。本屋さんを見たり、小物屋さんを見たり…。

集合場所をのぞいてみると、みなさんが少しずつ集まっていたので私もそこに向かう。添乗員のOさんから説明と挨拶《あいさつ》。ワタスゲ先生からも短い挨拶。

ひとりの女性が今回の旅の助手というかリーダーを任された。Oさんとその女性I

さんに魔よけのネックレスが先生からかけられる。

そして過去のツアーで何度も助けられたというあるものが全員に配られた。お寺でこれを見せるとたいがい中に入れてくれるのだそう。私ももらった。それは座禅を組んだまま空中高く、1メートルほど浮かんでいるようにみえる先生の写真だった。5枚もある。必要な時に、あるいは縁をつなぐために、旅の途中で出会った方に差し上げてくださいとのこと。文化や価値観も違い、言葉の通じない海外では、こんなふうに見てわかるものがいちばんなのだと。へえ〜なるほど。


その時はじめて、このツアーに参加された方たちを見回してみた。

知ってる人がいるだろうか…。

いた。研修や合宿でよく見かける男の人。小さな先生をもっと小さくしたような、見た目や服装もそっくりな人。ミニ先生。…ミニくん。それから白峰《しらみね》温泉の合宿に来ていた女性。

それから、研修で同じグループになった女性。旅行説明会にも来ていた。この人が来たらいいなあと密《ひそ》かに願っていたので、とてもうれしい。この人は先生の教室で会った人の中で最も落ち着いていると私が思った人だ。余計な感情を出さず、いつも驚くほど冷静だった。あとで機会があったら挨拶したいなあ。

次の集合は搭乗ゲート前。それまで各自で出国手続きを済ます。解散後、先生に近づいて「お邪魔させていただきます。よろしくお願いします」と挨拶。本当に、よそ者がお邪魔させていただく、という気持ちなのでひとことと、礼儀として。「ああ、はいはい」と先生はいつも淡々としている。小さくて冷たい爬虫類《はちゅうるい》のような目が隙なくキュルキュルと動いている。

出国手続きを済ませ、時間がある時の恒例のフットマッサージを予約し、その時間までラウンジで休憩しようと思う。

出発時間が11時15分から12時10分に変更になっていた。エアインディアはよく遅れるのだそう。

エアインディアのラウンジに行って、食べ物はなにがあるのかな〜と見てみた。

小さなカップに入った白い「モッツァレラチーズ入りカシューナッツカレー」というのがあった。気になる。お腹は空《す》いていないけど、これは味をチェックしたい。それと玉ねぎナン。

まず雑誌と飲み物を持って座る場所を探そうとしたら、さっきの落ち着いた女性とバッタリ。あら、とお互い驚いて、その方のテーブルにご一緒させていただく。それ

7月15～17日

2回目に出た軽食。こちらはまあまあ。

機内食。うなぎ。奇妙な味つけで

壁紙。かすれたゴールドの花模様。

鳩が2羽。

朝食。果物やカレーなど。

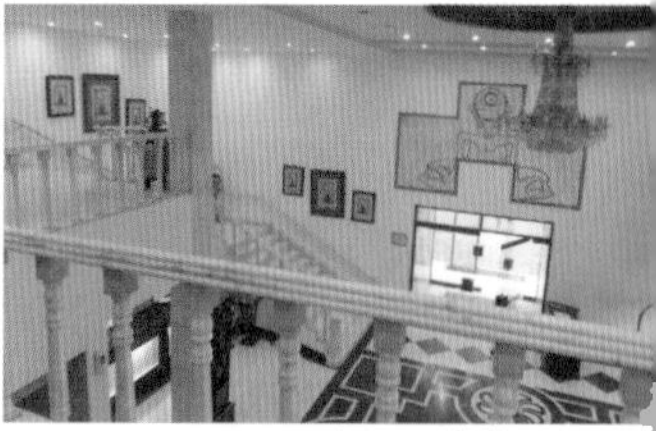

ロビー。変わった絵画が飾られてい

国内線の機内食。
カレー、揚げ物、サンドイッチ。

ワダという揚げドーナッツみたいな

木陰で魚釣りをしている人たちがいて、
のどかな印象。手前のバイクで来たのかな。

牛があちこちに。これは水牛。

休憩したお店のカーテンの赤いビーズ。

広い広いジャムナ川を渡った

池に映る植物の葉。

朝食．薄い揚げせんべいみたいなの。

テズプールのホテル．

3 検問所の前の売店。スナック菓子の袋がパンパン。ぶら下がっているバナナがかわ

ランチボックスのサンドイッチ。

カレーの定食も。

途中にあった大きな滝。空気がひんやり。

定食を待つあいだ、店の外に出てうろうろする。

いい雰囲気の厨房。

穴のあいたおたまみたいなの。

食後の店内の様子

犬がねそべっていた

人がいた。

ボンディラの町に入った。

ガンデン・ラブゲリン・ゴンパ。大きなお寺だった。

広いお堂。色あざやかです。

金色の仏様。

立体曼荼羅。ガラスのまわりに下がっている白いものは種だそう。

中をよく見ると、ずらりと奇妙な人形が並んでいて目が吸い寄せられ

砂曼荼羅。 細かく描かれています。

案内してくれた
イケメン

ヤクバターで作る供物。ダライ・ラマ14世の顔、そっくりだった。

チャイ休憩したお店の前。
貝殻や細い棒が並ぶテーブルを
かこむ男性4人。

ムードのある食堂。

ムードのある窓。

道ばたの魚売り。6匹、並んでた。

たばこの箱。おどろおどろしい

ホテルのロビー。うす暗い。

だんだん暮れてゆく道を進む。

部屋は寒ざむしい印象…

階段は工事中みたいだった

夕食は、どこもバイキング形式。

シャワールームのタイルはイルカ。

7月18日

朝。いい天気。外から見ると、自然の中にこの建物だけがドーンと

オールドゴンパという僧院。

食堂から川とぶどう畑が見え

チベット仏教の供物（トルマ）。

庭に5色の旗が並ぶ

お堂で 生徒たちが お経を唱えていた。

教室を見学したあと、一緒に写真を撮らせてもらう。犬もぐっすり。

写真にはうつらなかったけど
この小石もすごくキラキラ光ってた。

移動中、きのう泊まったホテルが見えた

セラ峠は雨と霧でまっ白

軍の施設でトイレをかりる

これらの車に分乗して
ズンズン進んだ

高山植物、花が咲いていた

霧がはれて、湖面が姿をあらわした！　今のうちに写真を。

峠をこえて、今度は下り。下り道にもさまざまな花が。

パンクしたので昼食へ急ぐ

ヤクが草をはんでいた。本当に黒

サモサ、モモ（ぎょうざみたいなの）、チャイ

サンドイッチ、マンゴージュース、バナナ

昼食のテントから見えた景色。軍の建物は迷彩柄。

こちらが天パでふっくらしたおばちゃん顔の私。うしろには虹。

やっと ホテルに到着

走る車から見えた神々しい屋根

売店で買ったスナック菓子。
豆とポテチ（どちらも10円くらい）
ばん右が、ミニくんが買ってくれたジュース。

壁の色はパステル調、寒い。

からカシューナッツカレーとナンを取ってくる。

彼女は、たまたま添乗員のOさんと一緒にチェックインしたら、ラウンジの券をいただいたのだそう。30分ほど話して、私はマッサージの時間になったので、「じゃあ、またあとで」。彼女が参加していてうれしい。


10時40分~11時20分まで40分間、フットマッサージ。

11時45分、集合。そして機内へ。

最終的に離陸したのは12時50分だった。


新しくなく、古びてるけど広さだけは広いビジネスクラス。

お隣に年上の女性が座った。年齢は、…70歳ぐらいだろうか。どうも人の年齢はよくわからない。

しばらくは何も話さなかったのだけど、何かのきっかけで声をかけて話し始めた。

すると、彼女は去年私がよく使った西遊《さいゆう》旅行のツアーでこれからチベットに行くところだという。

まあ。

もともと旅行は好きじゃなかったのに、最近になって西遊旅行のツアーでパキスタンに行って、こんな旅行もあるのかと驚き、好きになったのだそう。チベット圏は落ち着く、とのこと。

なるほど。

ダージリンにも行ったそうで、その時の添乗員さんが私がラダックに行った時と同じ人だということがわかり、話が弾んだ。ラダックにも行かれたことがあるそう。なんとかっていう国を馬に乗ってずっと進んだという話もおもしろかった。

そして偶然！　宮崎県の御出身だった。私の隣の市出身で、高校の先輩でもあった。その偶然にちょっと照れる。

本（『赤毛のアン』）を読んでいたら、彼女も隣で何か読み始めた。聞くと『ケトン体が人類を救う』という本。

「この本、すごーくおもしろい。すごーくおもしろい」と本当におもしろそうに言う。医療関係のお仕事をされているそうなので特に興味深く感じるのかも。さっそくタイトルをメモする。「糖質制限の本なんだけど、私はチョコレートが大好きで、それだけはやめられないのよ〜」と笑っててかわいらしい。

映画でも見ようと椅子のひじ掛けに収納されていた小さな画面を取りだしたら、付け根がガクガクしている。しばらく見ていたらガターンと足に落ちてきた。2度も。しばらく手で支えて見てたけど、疲れるので見るのをやめる。

「以前、旅先で足を怪我して、予定外にJALのビジネスクラスで帰国することになって、その時に食べた食事が素晴らしかったわ」という話を聞いていたら、食事がでてきた。

うなぎをチョイスした私。和風の前菜は不思議な感じ。そしてメインのうなぎは、こういううなぎの調理法は初めて見たという奇妙な味つけだった。透明なたれ？

ごはんは表面が乾いててガピガピ。

こんなにまずいビジネスクラスの食事は初めて。これだったらエコノミーの方がおいしいと思う。実際、去年食べたけど、カレーで、おいしかったもの。

かえってダイエットになっていいかもと思い直し、バナナ1本とチョコを2個食べる。紅茶は泥のようだった。

2回目に出た軽食の方がまだましだった。パンは乾いてたけど。

8時に着陸の準備をして、入国カードを記入する。

お隣の方と「またどこかの旅でお会いしましょう！」と挨拶して別れる。

8時半ごろ到着。インドは日本より3時間半遅いので、時計を戻した。インド時間で午後5時。

入国審査の列に並ぶ。あの落ち着いた女性と合宿で一緒だった女性が前後にいたので待ちながら話をする。落ち着いた女性は聡明《そうめい》そうな美人。40歳ぐらいなのかな。堂々としていて思わず姉御《アネゴ》！　と呼びたくなる雰囲気。

合宿で一緒だった女性は30代か。いつも髪の毛がザッと風になびいているふうでサスケを思いだす。それぞれのカバンにつけた名札を見せて名前を教え合う。

アネゴとサスケがいてよかった。今までの旅のように孤独じゃないかもしれない。

アネゴ（姉御）

サスケ

私の荷物も小さいが（50センチ×40センチのスーツケース）、旅慣れているようでアネゴの荷物はもっと小さいキャリー。

先生のヨガ教室の好きなところはどこですかと聞いたら、「先生の淡々としたところ。生徒もしゃべらない。ずっと長く続けている」と要点のみを箇条書きのように答えてくれた。

無事に入国し、みんなといっしょにパーキングに移動する。外は暑い。空気がもわっとしていた。

6時半。ホテルに向かってバスが出発。今日はこれからチェックインして寝るだけ。夕食はなし。あの2回目の機内食が夕食代わりだったみたい。

バスの中でガイドのパンカジさんの自己紹介があった。そして、「インド人になってください。頭は使わないでください。頭を使うと疲れます。心を使ってください」と言われる。ふむふむ、と聞く。

それから、「去年の11月からインドの500ルピーと1000ルピーは使えなくなりました。1000ルピーはなくなり、500ルピーは新しいお札になりました。今、インドでは旧1000ルピーと500ルピーをフライドチキンなどのスナックの包み紙にしています」と言う。

えっ！

去年の旅行の残りのルピーを持って来たのに…。あわてて財布を見てみたら3000ルピーある。日本円で6000円ぐらい。

悲しい。ワタスゲ先生もたくさん持って来ていて、両手で広げて、「これが全部紙切れ」と笑ってる。ホント。もう笑うしかない。

20分ほどでホテルに到着。ロビーに変わった絵画が飾られてる。シーンとした静かなホテルだった。部屋もまあまあ普通にきれい。シャワーを浴びて8時30分に就寝。使えなくなったルピーは悔しいのでゴミ箱に捨てた。

7月16日（日）

4時半、すっきりと起床。

外はまだ真っ暗。

6時朝食、7時出発ということなので、ゆっくり荷物を整理して、5時半ごろ、ホテルの庭を散歩する。

プールがあって、芝生の庭があった。窓辺の蔦《つた》の上に鳩が2羽。

湿度が高く、空気がもわっとしててあまり気持ちよくないので部屋に戻ろうとしたら、廊下でワタスゲ先生とバッタリ遭遇。

あたふたと緊張する。朝の挨拶《あいさつ》をするべきか？　まず頭をオロオロと下げる。

すると先生が「ハイッ！」と大きくひとこと。

一瞬、頭が真っ白に。

その「ハイッ！」で気まずい雰囲気が、すべて吹き飛んだ。

そして、もやもやした言葉なしにすれ違う。

ふうむ。なるほどね。

こうやれば、小さいもの、人、こと、よくわからないもやもや、社交辞令を遠ざけられるのかと感心し、自分にインプットする。

私はよく、人に対して瞬間的にどう反応したらいいのかわからなくなることがある。特に気を遣う人や目上の人に。そんな時はいつもうろたえてしまうのだけど、あんなふうに気合一発で吹き飛ばすのを目の当たりにして、いい経験になった。もし私が先生になったらこうしよう（でもならないと思うし、できないと思うが）。

壁紙のかすれたゴールドの花模様がかわいかったので写真に撮ったりしながら部屋に帰る。

6時になったので朝食へ。中央のテーブルに料理が並んでいる。まだ全部は出ていない様子。好きなものだけ選んで皿にのせた。

私が選んだのは、果物と豆のスープとサラサラした辛いカレー、ワダと呼ばれる甘くない揚げドーナッツみたいなの。それと紅茶。ワダがとてもおいしかった。南インドでよく見られるものだとアネゴが言う。表面がサクサクしていて中はもちっとしていた。クミンシードなのかスパイスが効いている。2個食べた。

バスに乗ってふたたびデリーの空港へ。今度は国内線でアッサム州のグワハティへと向かう。9時30分発で約2時間半のフライト。

国内線も私だけビジネスクラスだった。あら〜。別にエコノミーでよかったのに。最初に小さなグラスにつがれた薄い味のジュースが配られた。なんだろう。塩の味もちょっとする。それから機内食が配られる。

「機内食が昼食です」とOさんが言ってたっけ。カレー、揚げ物、サンドイッチ。まあおいしかった。

『赤毛のアン』を読んでいたら滑走路に着陸した。

あ！　しまった！

着陸する時に外の景色を見たかったのに。どんな風景のところなのか一望できるチャンスを逃してしまった。

残念に思いながら歩いていると、「見ました？　飛行機の窓から見えた景色。すごかったですね。四角い水田のような、区分けされた沼のようなのが広がってて」とサスケが興奮気味に話しているのが聞こえてきて、「やっぱり…」と残念さがつのる。

グワハティのあるアッサム州は外務省の危険情報のレベル2（不要不急の渡航は止めてください）が発令されているそうだが緊張感はなかった。

グワハティの空港から駐車場へと歩く。

暑い！　すごく暑い。

暑さと湿気でカメラのレンズが白く曇るほどだった。

陽射しが強いのでスカーフを日傘代わりに広げる。

これから1週間、タワンまでの往復を運転してくれる運転手さんたちと合流。6台か7台だったと思うが、頑丈そうな車。Oさんの指示で3人から4人ずつ、その4輪駆動車に分乗した。

目的地はテズプールにあるホテル。

同じ車になったのは添乗員のOさんと石垣島《いしがきじま》から来た若い男性（ハマちゃん。30代ぐらい）。Oさんが助手席、私とハマち

ゃんが後ろの席へ。

車は牛をよけよけ走る。インドでは牛はシヴァ神の乗り物として神聖視されているので牛がどんなところにいようとよけて走るそう。まわりは水の多い沼地で緑色の植物の葉が勢いよく茂っていた。木陰で魚釣りをしている人たちがいて、のどかな印象を受ける。

牛をよけるためとスピードが速いせいで絶えず左右に揺れている車内で、隣のハマちゃんとポツポツ話す。ハマちゃんはおととし、先生とネパールのローマンタンというところへ行くツアーにも参加したそうで、その時はかなりたくさんの距離を歩いたのだとか。

ハマちゃんは何か話しかけると数秒間目を大きく開いてフリーズする。最初どうしてなのかわからず私が何かまずいことを言ったのかな？　と思ったけど、そういうクセみたい。ビクビクしながら話す、いい人、ハマちゃん。

2時間半ほど走って地元のカレー屋さんで休憩。

トイレに行ったり、それぞれジュースを飲んだり。運転手さんたちも休んでいる。ここもすごく暑い。私は店の入り口付近に立ってぼんやりしながら、カーテンの房飾りの赤いビーズがきれいだなあと思ったり、店先の大きな木の小さな葉っぱを写真に撮る。

ふたたび発車。

洗濯物が干された水辺の素朴な家々を見ながら進む。相変わらず水の多い地帯。池に映る植物の葉がきれいだった。

そして広い広いジャムナ川（ブラマプトラ川）を渡った。

ハマちゃんは昨日の夜、同室の男性とホテルの外に出てカレーを食べたそう。同室の男性はベジタリアンなので肉が入ってないか確認したところ、入ってないと言うので注文したら「臭くて食べられない」とほとんど食べなかったそう。

へー、外に出たんだ…。まわりに何もなさそうだったけど食堂もあったんだ。男だと気軽に外に出られていいなあ、とちょっと羨《うらや》ましい。

小さな田舎町（テズプール）に入ったのできょろきょろあたりを見ていたら、いきなり一軒だけ立派な建物があり、それが今日泊まるホテルだった。こんな田舎に不思議。観光客用だろうか。5時45分、到着。

ホッとする。

まずロビーでなにか薄黄色いウェルカムドリンクが配られた。それがまたなんとも形容できないような味だったのでひと口だけいただく。塩と変わった植物の味。木の根っこみたいな。でも疲れた体にはいいのかもしれない。部屋は一見高級感があるのだけど、ちょっと表面的で寒々しい感じだった。

7時から広間で30分ほど瞑想《めいそう》の練習。丸く輪になって声を出す。みんなで瞑想をすると落ち着く。

8時から夕食。楽しみ。

豆などのカレー数種、炒《いた》め物、生野菜のきゅうりとトマト、スープ、ライス、麺《めん》、デザート（今日は甘いお粥《かゆ》）。各自で好きな量、取って食べる。お皿にちょこっとずつ。こんなにちょっとしか食べないのだから痩《や》せるかも。

向こうのテーブルの一輪挿しにピンクの大きな花が。

「すごくきれいね。やっぱりインドは違うわね、大きくて」とだれかが言う。

「ほんと」

「造花じゃないですか？」

「まさか」

近づいてよく見たら、造花だった。

上掛けのカバーが汚れていたので替えてもらったり、セーフティボックスの鍵《かぎ》が開かなくなって開けてもらったりと、バタバタした夜だった。

明日《あした》は標高2000メートルのところに行きますとOさんが言っていた。毎日、夜、明日の予定と注意事項が伝えられる。

7月17日（月）

7時半、朝食。二人がけのテーブルにつく。

薄くてふわっとした揚げせんべいみたいなのやピザ風のパン、豆のカレー、焼き野菜をチョイス。テーブルに着くと、ワタスゲ先生がササササッとテーブルを回って幾人かに「昨夜はよく眠れましたか？」と聞いている。私にも。「はい」と答える。この旅で先生に声をかけられたのは、唯一これだった。

アネゴが「ここいい？」とやってきたので、一緒に食べながら話す。

私の彼女に対する印象は、外資系の会社で働く聡明《そうめい》なキャリアウーマン。そこに重だるい落ち着きがプラスされているところが不思議な魅力。聞けば、子どもの頃を海外で過ごしたという。帰国子女か。やはり当たらずとも遠からずかも。自分の意見をはっきり言うので余計な気を遣わず話しやすい。

8時半、出発。昨日と同じ4号車で、同じメンバー。

ハマちゃんとあだ名をつけた隣の席の彼と、左右に揺れる車内でまたポツリポツリ話す。このツアーに申し込んだ理由など。それはまずおととしのローマンタンに行ったからで、ある日、先生の旅の本を読んだらそこにローマンタンの旅の案内が入っていて興味を持って申し込んだと言っていた。へーっ。

石垣島在住で、東京の先生のクラスにはまだ出たことがないのだそう。ヨガは長くやってるの？　と聞いたら、そうでもないと言う。なんか、素直そうなハマちゃん。

10時。ついに秘境のアルナチャル・プラデッシュ州へ。州境の検問所でいったん止まる。厳重な警備。ここから入るのが厳しいのだ。しばらく車の長い列で待つ。

その間、ヒマだったので売店を見る。標高が高くなったのでスナック菓子の袋がふくらんでパンパンだ。バナナの房が上からぶら下がり、パイナップルが台に並んでる。見ると、葉っぱが何枚もお皿に入ってる。これは何だろう？　と思いながらお店のおばちゃんと子どもの顔を見る。目が合って、聞きたかったけど言葉がわからずただ見つめ合う。

事前に取得してもらった入域許可証を運転手さんたちが見せて、無事検問所を通過。入ってすぐのガソリンスタンドで給油ストップ。私たちは隣のホテルでトイレ休憩。

12時15分。道ぞいに大きな滝。

車を止めて滝見物。車のドアを開けて出ると、外の空気がひんやりしている。ずいぶん登って来たんだなあ。

滝へと向かっていたらすぐ目の前にワタスゲ先生が。

「すずしいですね」と思わず声をかけたら、「ええ」とこっちも見ずにスタスタと滝へ向かう。かと思うと、滝を背に記念写真を撮っている人の隣にいたずらっぽくスッと入って、肩なんか組んでる。組まれた人はわあっと驚き、照れていた。生徒との距離感がいい。好奇心旺盛《おうせい》で好きなことを楽しくやって生きている感じ。

みんなひとしきり滝の写真や山からの写真を撮っていた。

目的地のタワンまでは移動に3日もかかるので車に乗ってる時間が長い。たまに車から下りた時だけ身体をのばせる。ふう〜。

1時半。ついにお昼だ。わーい。

とある食堂に入る。そこで簡単な定食を注文し、青い袋に入って配られたランチボックスを先に食べる。ランチボックスの中身はサンドイッチ、ポテト、バナナ、りんご、オレンジジュース。

インドでは作り置きということをしないので注文を受けてから作り始めるという。なので定食はできるまで時間がかかる。ランチボックスをすぐに食べ終え、定食ができるまで店内や表で写真を撮る。

壁の色がパステル調の黄色やグリーンやピンクでかわいい。犬もねそべっている。植物わきの柱にぶら下がっていたでっかい穴あきお玉みたいなの、なんだろう。四角い窓から厨房《ちゅうぼう》をのぞくと子どもがチャパティをのばしていた。それをかまどの鉄板の上で焼いている。その厨房というのが青い壁と土間と木でできたなんともいい雰囲気の色合いで、目が吸い寄せられた。広々としていて、すごく好きだった。

定食がでてきた。ふたりにひとつあてぐらい。カレー、チャパティ、野菜炒めみたいなのがちょこっとずつ3種類。もうお腹いっぱいだけど味見と思っていただく。最後に出てきたチャイは少々甘すぎた。

2時40分に出発。

ガタゴトガタゴトした山道はかなりの悪路。そこを猛スピードで走るので具合が悪くなる人もいた。

2時間ほど走り、町に入った。ここはボンディラという町。

ボンディラは、「チベット仏教のゴンパ（僧院）があり、町のあちこちで経文を刷り込んだタルチョ（五色の祈禱《きとう》旗）やダルシン（縦長の祈りの旗）がはためいています。ここは、住民の多くがモンパ族でチベット文化圏の一角にあたります」とツアーのパンフレットに書いてある。

4時半。着いたお寺はガンデン・ラブゲリン・ゴンパ。白い壁が赤や黒や黄色で塗られた大きな建物だ。

大きなお堂に金色の仏様。その前の椅子にはダライ・ラマ14世の写真。まわりにも小さな仏様、色鮮やかな絵、旗、花飾り、白いなにか薄いものがつながったものなどがたくさん。

そこを見たあと、小さな部屋に移動した。そこには砂曼荼羅《すなまんだら》が飾られていて、隣にはそれを立体にしたという模型もあった。模型のまわりにずらりと奇妙な人形が並んでいる。骸骨《がいこつ》、炎にまかれた人、剣に刺されている人、山をグルグル巻きにするヘビ、不思議な生き物、派手な姿で祈る人。

おどろおどろしい姿なのにとても素朴でかわいらしく、目が吸い寄せられた。

壁ぎわには色鮮やかなヤクバターで作る供物がずらりと並ぶ。お花の形もむにゅむにゅと。ダライ・ラマ14世のもあり、見ると顔が似ていた。さっきのつながった白い薄いものは何かとパンカジさんに聞いたら、タネだそう。

案内をしてくださるお寺の方はとてもハンサムで、みんな口々に「イケメン、イケメン」とささやいている。最後にみんなで記念写真まで撮らせてもらった。こういう広報・宣伝のような役割にはたいがいイケメンが選ばれるという。


さっきのお堂の2階を借りて倍音声明をする。先生を中央にみんなで丸く座り、心静かに目をつぶって、ウ～オ～ア～エ～イ～と声を出す。

無心で声を出しつつ、私はそっと目を薄く開けてまわりを見回す。先生がゆっくりと動いている。音に身を任せて漂うように……。

私がこの旅で目的としていることのひとつが、瞑想《めいそう》中に先生が宙に浮いてるかどうかを確認することだった。というのも、前の合宿の時に参加されていた女性が、以前にカルチャーセンターであった先生のヨガクラスに出た時、瞑想中に先生の体が浮いていたのを見た、と言うのだ。

「えっ、ほんと？」

「そう。だって見たのよ」

で、私も瞑想中に先生が空中に浮くかもしれないのでそれを見たいと思ったのだ。本当は邪念を抱かずに目をつぶって集中しなければいけないのだろうけど私にはその目的があるので、途中でそお〜っと薄目を開けて先生と床の境目を見た。浮かんでなかった。まだ最初だからね。来たばっかりだし。

そして私も目をつぶり、今度は集中して声を出す。ただひたすら何も考えずに声を出すのは気持ちいい。気を遣わず、退屈もしない。歌は苦手だけど、このただ声を出すというのはだれにでもできるし、とてもいいと思う。

声を出すことに集中すればいいので飽きないし、難しくもない。みんなそれぞれ自分自身に向かっているので誰も聞いていないし恥ずかしくもない。やっているうちに守られているような、夢の中にでもいるような不思議な感覚になる。それは人が何かに集中している時になる感覚と同じだと思う。

20分か30分瞑想して、先生が鐘（ティンシャ）を鳴らして終わった。

出発。

30分ほど走って6時、チャイ休憩。

道端の小さなお店。売店もある。店の前で男性が4人、敷物にしゃがんで貝殻や細い棒を使った賭《か》け事をやっている。力強く「パコン！」とサイコロを振る音。「男はどこでも同じだね」と誰かがつぶやく。貝、棒、その置かれ方がとてもかわいかった。

小さな紙コップに入れられたチャイが配られた。少量というのがやけにおいしい。大事に味わう。

お店に併設された食堂、カーテンの模様。売店のたばこの箱には病気になる危険があるというおどろおどろしい警告が。道ばたの魚売り。魚が6匹、並んでた。

だんだん暮れてゆく道を進む。

7時25分、今日泊るホテルに到着。ものすごい田舎にここだけ立派な建物が暗がりの中、ドーン。

入り口にはゲート。

他のお客さんはだれもいない。吹き抜けのロビーはうす暗く、壁は色鮮やかにペイントされてるけど妙に張りぼて感がある。舞台のセットみたいだ。表だけできていて裏はまだ、というような。むむ。なんて表現すればいいのだろう。冷たく表面的でいきいき感がない。人の温かさを感じられない。オフシーズンなのだろうか。エレベータは工事中。

部屋の鍵《かぎ》を渡されてそれぞれ部屋へ。階段は工事現場の材木のよう。

ドアがなかなか開けられない。手伝ってもらって開ける。新しいのか古いのかわからない。いや古いか。重々しい家具。床はギシギシと音がなる。シャワールームのタイルはイルカ。ぐるりと4面でイルカが跳ねている。

8時15分、薄暗い食堂で夕食。

大きなテーブルに数人ずつ座る。メニューは似たようなもの。スープ、チャパティ、カレー数種、トマトと胡瓜《きゅうり》、ピラフ、麺《めん》。

食べていたら、目の前の男の子が「すみません。お名前を教えてもらえますか？僕、このツアーの人、全員と話そうって決めてきたんです」と言うので教える。

「あと一人なんですよ」

「どの人？」

「隣のテーブルの黒いTシャツの人…」

サスケだ。

「あ、知ってるよ。じゃあ、話さないように言っとくね」とにっこり。

その男の子がハマちゃんと同室のカレーを食べてお腹が痛くなったというベジタリアンだった。

デザートに蜜《みつ》のような水に浮かんでる白くて丸いものがあった。これはどんなものだろうと聞いたら、甘いと言うのでちょっとだけ食べたら、すごく甘かった。

さて、みんなが食べ終えた頃、Oさんから「軽く自己紹介をお願いします」ということで端のテーブルからひとりずつ前に出て話す。

私はこういう自己紹介の時は、ひとりひとりの話を真剣に聞いて、顔を見て、印象をメモする。できたら似顔絵も描く。そうするとその人がだれなのか記憶しやすい。人を把握できると旅のあいだ便利だ。

最初の夫妻は先生とのツアー3回目のベテラン。

次の坊主頭にもみあげだけが長い孫悟空《そんごくう》のような髪型の個性的な女性は染色家だった。空手もやっていて、チベット仏教に興味があるそう。このツアーはネットで見つけて、この地域にどうしても来たかったので先生のことは知らなかったけどそのことを伝えて申し込んだと言う。

合宿で一緒だったサスケは、「いろいろ模索中です」とのこと。

次の夫妻もベテランっぽい。30年前にラダックに行ったそう。

先生をワンサイズ縮小したようなオレンジ色がラッキーカラーというミニくんはご自身でもヨガを教えているヨガの先生だった。風変わりで、ときどき無言で目をカッと見開いていろ。過去にインドに修行に来たことがあるそう。

とてもおとなしそうなやさしそうな女性のAさんは、去年の8月からヨガを始めたアロマに詳しい人。このツアーが人生初の海外旅行という。

ほんわかしたかわいらしい印象のフナちゃんはクンダリーニヨガの先生。「熱心に学んでいます」と真剣に話す言葉に気合がこもっていたので芯《しん》が強そう。

過去にツアーに2度参加したというおじさん。

そしてアネゴ。ヨガは12年目でインドは3回目。でも今はヨガよりもワインに夢中です、と。

さっきのベジタリアンの男の子はフクちゃん。ヨガ歴数年。毎週水曜日のクラスでは逆立ちを1時間やってると先生がコメントしてた。

ぼんやりしててぼそぼそと話すドランクドラゴンのツカジ似の男性は精神科医。瞑想に興味があって来たそう。

「悩みが多いんです」と言う目の大きいヒロコさん。

車で一緒だった石垣島からきたハマちゃん。彼は前回のローマンタンツアーの時、行きの飛行機で荷物が届かず、しょうがないので安い店で最低限の衣料を買って、それでもどうにか過ごせたという。荷物は帰りの空港で受け取ったそう。

若い美男美女夫婦は今までの先生のツアーに何度も参加しているそう。奥さんはきれいで口数少なく気軽に話しかけにくい雰囲気。

それから先生の助手役のIさんと添乗員のOさん。最後に先生まで「僕は〜」と自

己紹介をしようとして、みんなを笑わせてた。

私は、今年の4月に体験レッスンをしてから興味を持ち、このツアーまでをひととおり経験してます、というようなことを話した。

みんな、それぞれに先生のことを尊敬している感じが伝わってくる。みなさんのことをなんとなくでも把握できてよかった。状況をつかめないと私は行動にうつせない。

総勢20名ほど。多くがヨガの熟練者や師範科生のようだった。

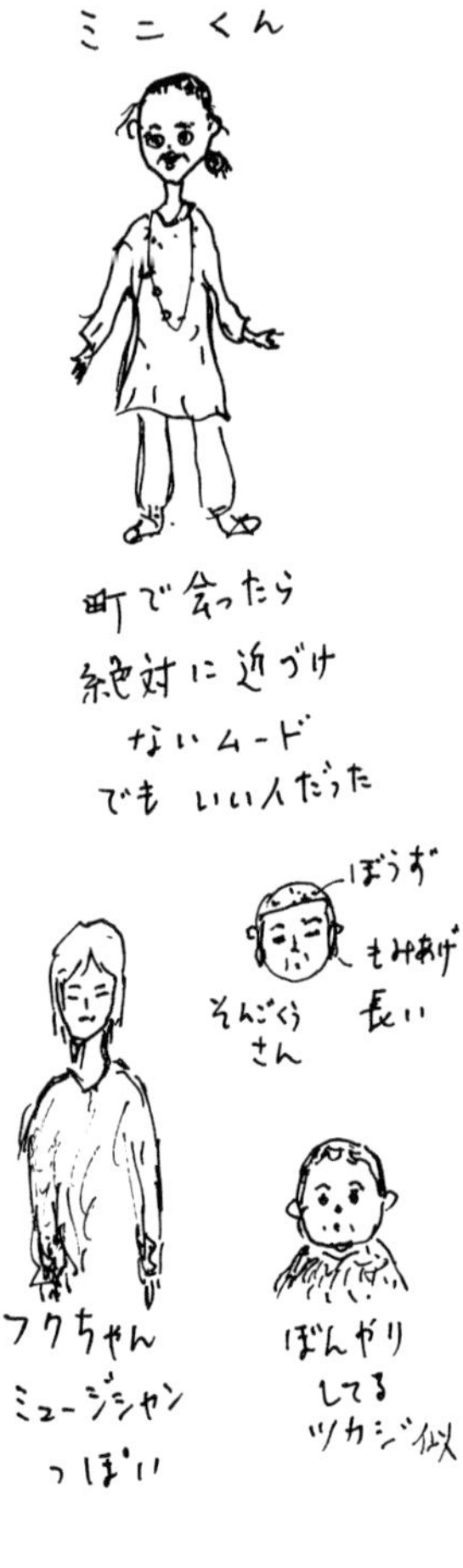

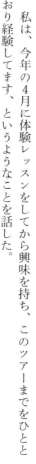

7月18日（火）

6時起床。窓を開けると明るい陽射し。いい天気。抜けるような青空。温度も丁度よく、さわやか。

7時朝食なのでそれまで外を散歩しようかな。幾人かの人たちが小道を下って川の方に歩いて行くのが見える。

私も外に出て、ごく近くだけをササッと歩く。川までは行かなかった。

テラスで朝食。あまり食べたいものはなかった。ちょっとだけ食べる。

テラスからは川と果樹園が見渡せた。山と道が見えた私の部屋よりもこっち側の景色の方がいいなあとちょっとうらやましかった。みんなこっち側だったたって言うから。

先生が興味深そうに飛ぶようにして料理をのぞいてる。

「先生はそれだけですか？」とだれかが聞いていた。先生が手にしているのは飲み物のカップだけ。朝はあまり食べないようだ。というか、昼も夜もあまり食べないみたいで、ご自分では「偏食だから」とおっしゃっている。

サスケが川まで散歩に行ったら大麻草がたくさん生えていたというので、うらやましい。今度見たら教えてねと言っとく。自然の中に生えてるところを見てみたい。一緒に写真を撮りたいわ。こっちでは雑草なんだって。ところ変われば、だね。インドじゃ雑草、日本じゃ逮捕。

精神科医のツカジさんは部屋のドアが開かなくなって締め出されたと言っていた。私は昨日の夜、部屋から出られなくなった。鍵の開け方がよくわからず何度もガチャガチャ回した。また、ドアが異様に固くて何度も体当たりした。建てつけが悪いみたい。床もギシギシいうし。

アネゴが来て、テラスのソファでゆったりとコーヒーを飲んでいる。

今日は4000メートル級の峠をふたつ越えて、目的地のタワンへ。道も悪いと聞いていたので果たしてどうなるだろう。ひたすら移動の一日だ。

今日から車チェンジ。何号車になるかくじを引く。私は5号車。メンバーは私と、またハマちゃん、ハマちゃんと同室のベジタリアンのフクちゃん、ほんわかして芯の強そうなフナちゃん、という若者トリオ。

フクちゃんとフナちゃんは車に酔いやすいそうで、昨日は酔って大変だったという。フクちゃんは運転手さんに止めてと言うのが間に合わず、窓を開けて吐いたらしい。「なので後ろの人、気をつけてくださいね。ぼくが窓を開けたら」と言う。

いやだ〜。

ということで助手席にフナちゃん、真ん中にフクちゃんと私、後ろにハマちゃん。私とハマちゃんは途中で交代しようということに。

8時出発。

8時半。まず近くの僧院へ行って瞑想《めいそう》するって。

見晴らしのいいところにある僧院だった。オールドゴンパというところ。子どもたちが修行するところのようだ。お坊さんの学校。小さな子どももいる。お堂では生徒たちがお経を唱えていた。

ここにも中央の仏様の前にダライ・ラマ14世のお写真。私からは普通の気のいいおじさんにしか見えないが、とても慕われている。

丸が連なったきれいなバター彫刻がズラリと並ぶ。

生徒たちのお経が終わってから、私たちもそこで声を出す瞑想。先生を中心に輪になって目をつぶり、静かに始まる。ひとしきり声を出す。

ウーオーアーエーイー。

薄目を開けて見たところ、途中から先生は声に合わせて体を動かしている。音の流れと絡み合うように、呼応するように。静かな舞い。

倍音声明

鐘がなって終わった。

そのあと生徒たちの教室も見せてもらう。小さな男の子がふたりいたので一緒に並んで写真を撮らせてもらった。

私は今回の旅にあたって髪が乾きやすいように短く切ってきた。くせ毛なので天然のパーマがクルクルかかり、ふっくらしたおばちゃん顔の私。

教室の外ではぐっすりと犬が寝ていた。


9時半出発。

山道をドンドン進む。道はかなり悪い。いたるところで道路工事をしている。がけ崩れだろうか。その工事の様子を車の中からぼんやり眺めていたら、どうも全体がキラキラキラキラしている。

うん？

よく見ると、大きな石も砂もどれもこれも細かくキラキラと輝いている。

「なんか…光ってるね」

すごくキラキラ。

10時15分にお菓子とか売ってるお店で休憩。その店の隣に砂と小石の山があって、そこもキラキラに光っていた。

ハマちゃんが光ってるのを見て、「これ雲母《うんも》だよね」と言いながら石を拾って見せてくれた。

「へえ〜。ほしい」

「あげる」と、石を差し出す。

「ううん。いい。自分で拾いたい」

飛びきりキラキラ光ってるのを見つけたい。そう思って何個か拾った。

冷蔵庫の中に冷たいジュースがあることがわかり、アップルジュース（30円）を購入。冷えてる。おいしく大事に飲む。


ガタゴト山道を進む。

フクちゃんにヨガのことをいろいろ質問する。合宿で私が苦手だったクンダリーニヨガのことも。すると、「クンダリーニの回転は他のことにも応用できるんですよ。どこがズレてるか感じとれるようになるんです。うーん。これを言ってもどうかな…」と逡巡《しゅんじゅん》しながらも、わかる範囲で伝えてくれた。

「逆立ち、私、3分ぐらいしかできない」と言ったら、「3分できたら大丈夫。あとは慣れですよ。30分以上やると空中浮揚の感覚を味わえますよ。人から言われることをきくより、自分の感覚で。頭をちょっと前後に動かしたりして感覚を確かめてみてください」と言う。

「うん」

そして、私を見て、「目が澄んでますね」と言う。

「目は魂の窓なんだって。フクちゃんは…」

「ぼくの目は細いんです」

「そうだね…」

でも、その細い目の奥に黒曜石のように輝く瞳《ひとみ》がカチンと。

私の目をハッと見て「澄んでる」みたいに言う人が時々いることを思い出した。たまにいる。私の目を「あれ？」と見返す人。瞳の奥に何かを見つけたのだろう。

それから過去のツアーで見た風変わりな参加者のことをいろいろ教えてくれた。最近はヨガも一般的になったけど以前はスピリチュアル系の人がほとんどで、その頃は変わった人が多かったらしい。きれいなお花畑を見て心を動かされ、いきなり動いてる車から両手を広げて飛び下りた人がいたって。

えっ！　でも、それはそれでおもしろそう…。

11時半に軍のトイレをお借りする。ここはもうかなりの高地で、足元の斜面をよく見ると白や紫の高山植物が咲いていた。

そして12時20分。ついに今回の旅の最高地点、4170メートルのセラ峠に到着。雨が降っていたので傘をさして湖をながめる。湖には白い霧が立ち込めていた。

見ているうちに雨が上がって視界も開けてきた。湖面も見える。高山植物も見える。白、黄色、ピンクの小さな花々。いろんな色の花が咲いている。みんな写真を撮ったりしている。

山の天気はめまぐるしい。また暗くなってきた。

雨が降り出す前に車に戻る。


今度は山道をどんどん下る。高山植物とまっ黒で毛の長いヤクなど見つつ。

それにしてもすごい道。かなりの悪路で体が飛び跳ねる。ジャンプ、ジャンプ。川のような水たまりもどんどん突き進む。

この辺は中国との国境が近く、緊張状態が続いているそうで軍の車が何台も何台も走っていく。その軍の車を無理に追い越そうとしてガタゴト道の崖《がけ》ぎわぎりぎりのところを運転手さんが走ってたら、岩に乗り上げてガクッという強い衝撃。

なんとパンク！

車から下りて作業を見守る。フクちゃんとフナちゃんは車酔いしていたのでホッとしたよう。遠くの山並みを眺めて、しばし思いにふける。

こんなところでパンクとは…。しかも私たちの車だけ。みんな先に行っちゃった。まあでも、起こったことに文句を言ってもしょうがない。心を無にして待とう。

タイヤを替えて20分後、出発。

1時55分。なんとそこから5分のところがお昼休憩の場所だった。歩いても行けそうなところだったわ。先に着いていたみんなと合流。

軍の施設（テント）をお借りして軍の人たちとサモサやモモ（ギョウザみたいなの）を立って食べる。それとサンドイッチとバナナ、ジュース、チャイ。

そこに六角形の見晴らし台のようなところがあったので写真を撮ったりする。

そしてふたたびガタゴト悪路を猛スピードで進む。2時間も走り続けて、4時30分。虹《にじ》が見えたので車がストップ。下りて写真を撮ったり、のびをする。

「虹が出るのはいい兆候」と誰かがいう。虹の7色がよくわかる濃い虹だった。

10分ほどでついにタワンの町に入った。

タワン。ダライ・ラマ6世の生誕地。

ヒマラヤ山脈の東端に位置し、標高3000メートルにあり、壮大な仏教寺院があることでも知られている。ダライ・ラマ14世は1959年にチベットのラサからこの町を通って亡命した。その時にこの町の人々にとてもお世話になったとか。今年の春に法話会があり何万もの人々が集まったそうで、道路沿いにはまだ歓迎の小旗がたくさん下がっている。

ふと見ると小高い山の上に、黄金の屋根を持つ建物のかたまりが見えた。夕方のしっとりとした空気の中に神々しく輝いている。

あれか！　タワン僧院。

密《ひそ》かに興奮した私。

ホテル到着。こぢんまりとした古くカジュアルなホテル。空気はすずしい。

ロビーで部屋割りを待つあいだ、サスケと孫悟空さんと話す。孫悟空さんは70歳とのこと。経験豊富でいろいろなことを知ってらっしゃるような方。

「すごいものを持ってらっしゃるんですよ」とサスケが言う。

「なんですか？」

見せてくれたのは、女性用立ちションベン器。じょうろのようなものと布だった。立ってそのじょうろのようなものをあてがって、男性の立小便のようにして、布で拭《ふ》くという仕組み。

「インドに行くからこういうものも必要かと思って」

ほほ～。感心して見つめる。

それから私が高度のせいか（3000メートル）少し頭が痛いと言ったら、濃縮酸素液というのを水に入れて飲ませてくれた。

5時過ぎに部屋へ。寒い。壁の色はパステル調でかわいい。でもなんとなく落ち着かない。まだなじめない。

夕食前にサスケたちと町に行く。

が、お店はほとんど閉まっていたのでひきかえす。スナック類を買おうとホテルの近くにあった小さな売店へ近づく。並んでるジュースを見て、ミニくんが「あれ、デリーからの飛行機の中で出たジュースだ」と言う。

「え？　私にはなかった（ビジネスクラスだったため出てくるものが違ったのだ）」と残念そうに言ったら、ミニくんが買ってくれた。おいしかったとみんなが話していたのですごく気になっていたからとてもうれしい。もしかすると最初にグラスで出された白っぽいジュースかな…。パッケージに「MASTI SPICED BUTTERMILK」と書いてある。冷して飲もう。

あとひとつ、みんなにはあって私になかったのがプルーンを煮詰めたような小さな小さな飴《あめ》。それもおいしかったって誰かが言ってた。去年乗った時に出てきたあの飴だろう。1センチぐらいのシンプルな飴。

私はそこで、小さな袋に入った豆のスナック菓子5ルピー（約10円）とポテトチップ（5ルピー）を買った。豆の方を開けてみんなで味見する。おいしかった。気圧の影響でどの袋もパンパンに膨らんでいる。

頭がちょっと痛い。ぼんやりと頭の芯《しん》が…。

タワン僧院が部屋から見えたとサスケが言う。みんなも。私の部屋からは見えなかった。いちばん下の階だからだろうか。しかも窓のカーテンを開けるとそこは人の通れる広いテラスで、植木鉢やいろんなものがあって見晴らしが悪く、部屋に水を持ってきてくれた男の子が、私がカーテンを開けてるのを見て、あわてて走って行ってカーテンをシャッと閉めていた。カーテンも開けられない部屋なのか！

部屋に戻って、頭痛のする頭で荷物を開ける。寒いのでダウンを出す。カーテンを細く開けて植木鉢のすきまから町をのぞいてみたら…。

タワン僧院が見えた！　ちょっとだけ。うっすらうれしい…。

ベッドに寝ころがると、なんとなく湿っぽい。ついに持参したシーツの出番だ。旅行用、シルクの防虫シーツ「コクーン」。1万5千円とちょっと高かったが、その頃はエチオピアや中央アジアにも行くつもりだったので必携品として買った。ゆったりとした袋状になっていてまわりのものに触れずにすむ。超軽量で15センチほどの小さい筒状にたためる。

窓の外を従業員らしき人が歩いていった。

7時に夕食。目の前に座ったAさんが高山病で頭痛がするとかで顔が真っ白。「こんなに具合が悪くなるなんて…」と、とって来た少量のスープと数枚のきゅうりをひとくちも食べずにじっと目をつぶっている。私も頭が重くて食欲がなく、早々に食べて一緒に部屋へ戻った。

シャワーと洗濯をする。途中、一度停電があり、こんな時のために！　と持って来たヘッドライトを点《つ》けたら点かない。電池切れか。しまった。

8時過ぎには耳栓をして就寝。

7月19日（水）

足くびのところを2ヵ所虫に刺された。コクーンの中に入っていたのに。直径1センチの赤い丸。かゆい。蚊ではない。なんだろう。ダニかな。

頭痛は治っていたのでよかった。

朝食前にカメラを持って階段を上がってみた。もしかすると見晴らしのいい屋上があるかもしれない。

あった。けど、看板に取り囲まれている。そして屋上には人が住んでいる住居があった。静かに端っこによって看板のすきまから町をのぞくとタワン僧院がとてもきれいに見えたので写真を撮る。


7時半、朝食。

いつものようにパンなどを少量ずつ取り、チャイを飲む。ミニくんが先生がなにも食べてないのを見て「先生、朝は何も食べないんですか？」と聞いていた。先生は「決めてない。いいかげんだから」。

Aさんは昨日の高山病はすっかり良くなったと顔色がいい。

8時半出発。

予定ではパドマサンババが瞑想《めいそう》のために訪れたといわれるタクツァンゴンパへ行くはずだったけど、中国との国境の緊張状態が続いていて危険なので外国からのお客様を行かせることはできない、とのこと。タクツァンゴンパに行きたかったという孫悟空さんは残念そうだった。すごく楽しみにしていたらしい。

「明日《あした》また状況を聞いてみます」と添乗員のOさんが言って、今日は近くの僧院へ。

運転手さんが行先を間違えたようでちょっとゴタゴタしたけど無事に僧院に到着。

入口にサルがいて、写真を撮っていたら威嚇された。「撮ったらダメ」と運転手さん。

石畳の広場を抜けて大きなお堂へ向かう。

あれ？　この僧院の屋根はトタンにペンキみたいな黄色い塗料で塗られているけど

…、これってもしかして昨日から見ていたあの黄金の屋根のタワン僧院？

びっくり。

私はてっきり本物の黄金の屋根だと思っていた。

でもそんなはずないか。よく考えたら。

金閣寺《きんかくじ》のように金でできた建物だと思ってた…。

なんだか夢が覚めたよう。近くでよく見ると建物は木造で古くてボロボロ。すごい寺院だと思っていたんだけど。でもそうか…。そうだよね。


広いお堂の正面には大きな仏様がドーンと鎮座。まわりにもさまざまな仏様、色鮮やかな飾りつけ。布、旗、花など煌《きら》びやか。

中央の仏像はややしゃくれたような顎《あご》をしていてお顔はマンガっぽいが、表情は険しい。

その前で声を出す瞑想をする。薄目を開けて見るとまた先生が音の中で踊っていた。発声練習のようにそれを終え、すっきり。

次に3階の部屋を見学させてくれた。写真を撮ったらダメというその小さな部屋にはたくさんの仏像や貴重な置物が陳列されている。私が特に目を引かれたのは、天然の石が黒い背景に白い塔の模様を描き出しているのと、紙に包まれた小さな小さな仏像。

次に2階の、ダライ・ラマ14世の部屋。14世が来られた時に泊る部屋だという。埃《ほこり》がつかないようにちゃんと家具には布が被《かぶ》せられている。

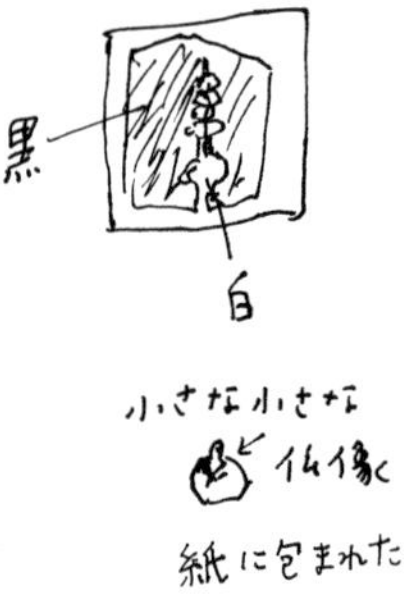

この春もここに？　と思うと、ちょっと緊張した。ソファのある小さな部屋とベッドのある小さな部屋。薄暗くて静か。

次に別の建物にある博物館へ。そこには王様の装飾品や子供のころのおもちゃ、ビーズ、水晶、金の皿などがあった。おもちゃや水晶をじっと見る。

そのあと別の部屋に通された。部屋の壁際にぐるりと置かれた椅子に全員が座って、バターティーをいただく。バターティーは紅茶とミルクとヤクのバターと塩でできているそう。

それから僧院のお坊さんから白い布をひとりずつ首にかけられる。順番に。私の番が来るのをドキドキしながら待つ。

来た！

白い布を首にかけられてうれしかった。みんな首に白い布をかけて、通訳さんの話を聞いている。

外に出て歩いていたら、さっきの建物からにこにこした丸顔のお坊さんがなにかを抱えて走って来た。そして表紙にダライ・ラマ14世の顔写真がのってる冊子を15冊ほど、「どうぞ」とくれた。そのあたりにいた人々（私も）で分ける。

中を開くと、前半はチベット語、後半は英語で瞑想の方法みたいなことが書いてある（「三十七の菩薩《ぼさつ》の実践」）。読めないけどうれしい。

２０１７年と書いてあるので、この春にあったという法話会にいらした時に作られたものだろう。町のいたるところにダライ・ラマ14世の顔写真ののったチラシがまだ残っている。

サスケと互いに記念写真を撮りながら、僧院の中をのんびり歩いて通り抜ける。白い壁に赤いバラの花がくっきりと映えていた。


次に向かったのはタワン戦争博物館。

どの車にもフロントガラスのところに神さまの絵やお守りなどが飾られている。ラダックでもそうだった。

戦争博物館には戦争の歴史がいろいろ。パンカジさんが説明をしてくださるけど、私はお寺と同じくらい戦争にも興味がない。ぼんやり後ろをついていってたら、サスケが「なんだか肩が重くなってきた」と言うので、先生に伝えて、一緒に部屋の外に出る。

霊的なものに感応したのだろうか。サスケは敏感体質らしい。彼女もここには興味がないと言うので建物の外で写真を撮ったりして待つ。

遠くにタワン僧院の黄色い屋根が見えた。今度は黄金ではなくちゃんと黄色いペンキに見える。実物を見たからね。

そう思うと、実物を見るっていうのは大事なことだ。

うん？

いや、そうともいえないいか。夢を見続けたいか、夢から覚めたいか（現実を知りたいか）。どちらを選ぶかって話か。

運転手のお兄ちゃんたちが戦争博物館の前で記念写真を撮っていたので私もお兄ちゃんたちの写真を撮らせてもらう。遠い道のりを運転してくれてありがとう。


午前中はそこまでで、いったん昼食を食べにホテルへ戻る。

お昼はスープ、ピラフ、焼きそば、酢豚風の肉など、ちょっと中華風？　それとチャイ。春雨みたいな甘いデザートがあったけどそれは食べなかった。

気だるい曇り空。

食堂の窓からぼんやり外を見たら、雲が低くたれこめた空と木の枝と遠くの小屋がとてもいい感じだったので、わあ…素敵と思い、写真を撮る。

私は観光地に旅行に行っても、有名なものではなく、そこのふつうの景色の方に心《こころ》惹《ひ》かれる。その写真だけ見るとどこだかわからない、でもこれが好き、と思って撮る。

午後。

最初の見学地はダライ・ラマ6世の生誕地のウルゲリン僧院。

小さな無人のお寺だった。白い壁に赤と黄色のかわいらしい建物。

中にくるくる回して祈るマニ車が並んでいたのでみんなと一緒にひととおり回す。

回転させた数だけお経を唱えたのと同じ功徳があるとのことだが、私にはそもそもの下地がないので功徳はないだろう。


庭に、1683年にダライ・ラマ6世が植えたという巨木があった。その葉をなめたら病気が治るという言い伝えがある。

一説によると、この木は、元々ダライ・ラマ6世の杖《つえ》だったという。6世がラサに向かう時に自分の杖を地面に刺して「この杖が木になり、大きく育って僧院と同じ高さになった時、私はこの場所に戻ってくる」と言い残して出発。1959年、14世がチベットから亡命しタワンにたどり着いた時、この木は丁度僧院と同じ高さにまで大きく育っていたのだ、と。

先生がその木のまわりで瞑想《めいそう》をしましょうという。声を出さない瞑想を。

私はその場所を見た。

ああ。最も苦手な感じ。巨木の下は黒いカビっぽいものがあるコンクリートの床だ。

うう。うう。どうしよう。

そこに直接座るのはどうしても嫌だ、と思ったのでサッとビニール袋を敷いた。床自体は乾いていたんだけど、まわりに木がたくさんあってなんとなくイメージで。じめじめしたところが大の苦手な私は深く考えないようにして、ぎゅっと目をつぶる感じで心をつぶって座った。そこで静かに瞑想。

静かな瞑想もいいね。

ダライ・ラマ6世
がうえた木の
下で
静かな瞑想…

終わって立ち去る時、ハマちゃんが落ちていた葉っぱを拾ったので私も1枚拾った。車に乗って葉っぱを見せ合ったら、私の葉っぱとハマちゃんの葉っぱは違う葉っぱだった。私のは硬くて小さい。ハマちゃんのはやわらかくて大きい。どちらが本物だろう。それともどっちも違うかも。

フクちゃんが「自分のがそうだと思っていればいいんですよ」とやさしいことを言う。

あとで写真で確認したら本物はやわらかくて大きい葉のようにみえた。たぶんハマちゃんの方だろう。でもなんとなく流れで拾っただけなのでどっちでもよかった。

次のお寺は見晴らしのいい丘の上の建物（キンメイ僧院）。

白い雲が山に低く垂れこめている。水たまりがあちこちにできている広いコンクリートの前庭。そこは展望台のように見晴らしがいい。下を見ると川が流れ、左右は緑深い山。集落が点在している。水たまりをよけて中に入る。

お堂ではたくさんのお坊さんの見習いがお経を唱えて銅鑼《どら》を鳴らしていた。

ここも鮮やかな仏様と飾りと絵に覆われている。

その中で私が特に興味を惹かれたのは白くて丸い雪だるまみたいな形のお供え物。ロウソクだろうか。普通に火がついているロウソクの大きな丸い受け皿もあった。

それから私たちは2階の踊り場みたいな場所で声を出す瞑想をする。階下から聞こえるお坊さんのお経とコラボしてるようでおもしろかった。先生は立ち上がっていつになく大きく踊っていた。

なんでも、舞い瞑想とかいって、先生、以前は音にあわせて自然に体が動き出すというヨガをやっていたそう。聞こえてくる音をそのまま体の動きで表現するという。

なんだって？

私が前に考えた「細胞のよろこび」と似ている。

私が以前思いついたそれは、体が動きたいように、体にまかせて、ただ心地よく動く、というもの。

だれにも気を遣わず、恥ずかしいと思わ

それは…
細胞のよろこび
こころと体のよろこび。
くるくるくるくる
フワー
遠くをみつめる
足
手
手
指
手をみる
夢見る
ううう

7月19日

朝。ホテルの屋上に上ってまわりを見わたすと、遠くにタワン僧院が美しく見え

ホテル内部
階段 →

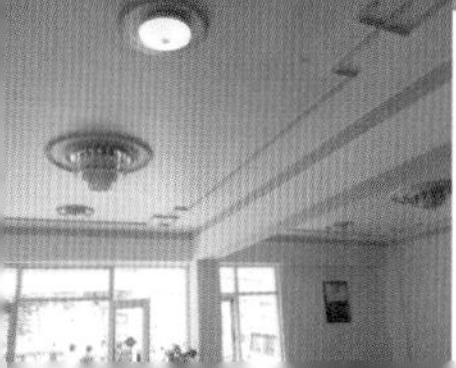

← ロビーの天井
テーマカラーは
黄緑色か

朝食。いつも少量ずつ。

素朴な造り

ついにタワン僧院に来ました

これが近くで見たあの黄金色の屋根。
本物の金だと思っていた私。
黄色いペンキだった…
ショック!!
いや…
そりゃそうか…

19 広いお堂の正面に大きな仏様がドーン．どこにもダライ・ラマ14世の写

すこししゃくれたお顔

えらい人がすわる椅子

像やゾウなど、あざやかな飾りがたくさん

ダライ・ラマ14世の部屋。いらした時、こちらに泊まられる。

博物館にあった
王様の装飾品など

おもしろい
ヒゲの形

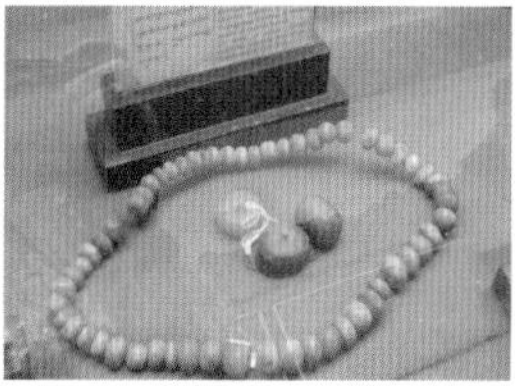

首かざり

白い布を首にかけられてうれしかった.

石のビーズ　ガラス玉

手を合わせて記念写真。今回、ほぼこのポーズで統一することにした。

これがもらった冊子。

床に描かれた絵。魚。

赤いバラが白い壁にはえる

どの車にも神さまが

僧院の中を歩いて外へ

23 ぬけ出した 戦争博物館前で 運転手のお兄ちゃんたちを撮る。ごくろうさ

テルでお昼、中華風.

ャイと ピタパンっぽいの

博物館前でのんびり. またこのポーズ.

食堂の窓から見えた景色。観光地より こういう風景が好き。

午後。ダライ・ラマ6世の生誕地、ウルゲリン僧院.

その下で瞑想。ちょっといやだった.

ダライ・ラマ6世が植えたという巨木

ナンバイ僧院、水たまり。

白い雲がひくくたれこめている

そこから見える仏様。ちんまりとお座りになっている

大きなろうそくの台。

雪だるまみたいでかわいい。

こちらの仏様は目を大きく見開いていた。

たくさんのお坊さんの見習いがお経を唱えていた。

ィ様の手には敬意と感謝の念を表す「カタ」という白いスカーフが

まん中あたりにズラリと並ぶ供物(トルマ)がかわいい

天井も壁もぐるりと絵が →

外は雨なので部屋で読書。窓から見えるテラスの鉢植え.

パステル調を何枚も.

ヒマにまかせて部屋の写真を撮る.

ホテルのロビーに飾られていた近くのお寺などの写真。

← 孫悟空さんが
行きたがっていた
タクツァンゴンパ。
へ～。私も行きたかったわ。

パドマサンババが訪れた
タクツァンゴンパ

(ブータンのとは違う)

ホテルの食堂の片すみ
↓

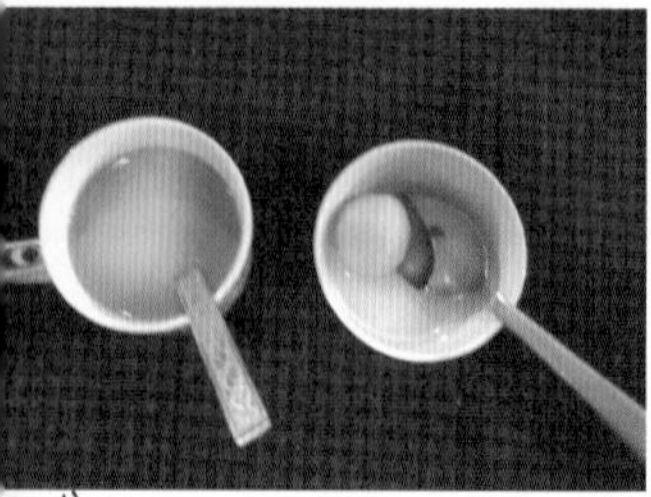

デザート。白くて丸いあれ。　夕食。私はカレーがあればOK。

Published by:
Organizing Committee of H.H the 14th Dalai Lama's
visit to Mon Tawang - 2017

KINGFISHER
STRONG

もらった冊子の裏　現地のビール

ダライ・ラマ14世

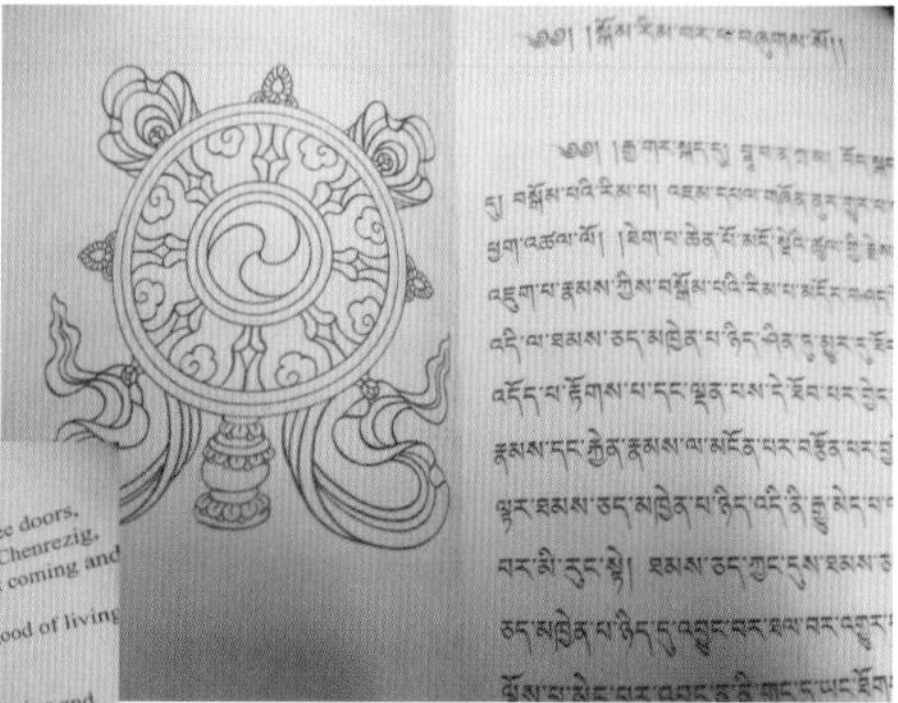

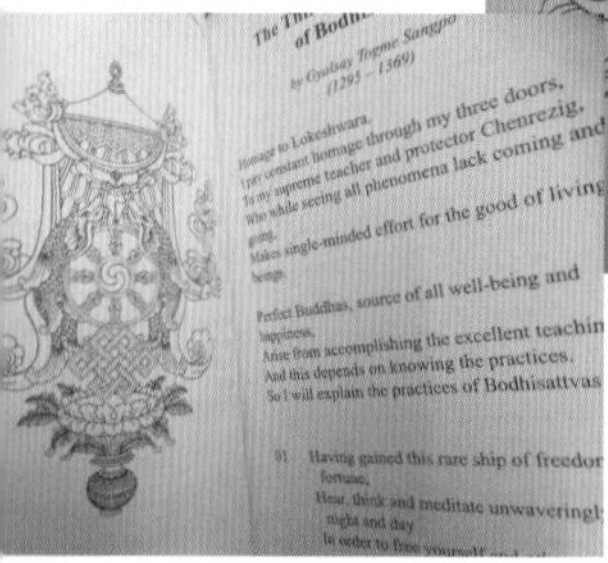
by Gyalsay Togme Sangpo
(1295 – 1369)
Homage to Lokeshvara.
I pay constant homage through my three doors,
To my supreme teacher and protector Chenrezig,
Who while seeing all phenomena lack coming and
going,
Makes single-minded effort for the good of living
beings.
Perfect Buddhas, source of all well-being and
happiness,
Arise from accomplishing the excellent teachin
And this depends on knowing the practices.
So I will explain the practices of Bodhisattvas
01 Having gained this rare ship of freedor
fortune,
Hear, think and meditate unwaveringl
night and day

↑
←
現地の言葉と英語で書かれていた

冊子の中

ず、ただ無心に体を動かす。ひとりで部屋でやってみたらけっこう楽しかった。

これをみんなでやったらおもしろそうと思い、一度スタジオを借りて、興味ある人に声をかけて、試しに体を動かす練習をしたことがある。部屋を真っ暗にして寝ころんで話をしたり、薄暗い中で丸く輪になって歩いたり、とても楽しかった。それはそれきりになってしまったけど、雰囲気はわかった。体をただ動かしたいように動かすってすごくいい。でも、それをする人と場所が重要。仕切る人が。私はどうしてもリーダー役が苦手なので、いろいろイベントもやったけどそれらを長く続けることはできなかった。ただ、あのよさを知ってるので、洞窟《どうくつ》のアーウーもこれも、ホントいいと思う。


終わって外に出るといつのまにか雨が降っていて霧に包まれていた。雨に濡《ぬ》れないようにまた水たまりに気をつけて走って車へ乗りこむ。

ハマちゃんが、「瞑想の時、急に涙がポロポロ出てきた」と言う。フクちゃんが「いいなあ。ぼくは涙が出ないんですよ」。

私も瞑想で泣いたことはない。みんなそれぞれの体験をしている模様。

3時半にホテルに着いて、夕食の7時まで自由時間。

部屋に入ったらベッドメーキングされてなかった。Oさんに伝えたら、外出時に部屋の鍵《かぎ》をフロントに預けてなかったからとのこと。

ショック！　知らなかったわ。その方式。

仕方ないのでタオルだけもらう。

ここでは枕の下にチップを置いていても受け取らない。そういう習慣がないようだ。

外は雨なので部屋で読書。

それからパステル調の部屋の壁の写真をいろいろな角度から撮る。この部屋の壁の色はとてもいい感じ。天井は白、壁は黄緑と水色。カーテンは赤。

窓から見える雨に煙《けぶ》ったテラスの鉢植えなども撮る。

壁の色を見るだけで気分がよくなるのだから、旅行中、自分の気持ちを引き上げるものって大事だなと思った。次の旅行では部屋を居心地よくする小物を何か持ってこようと思った。例えばアロマオイルとかお香みたいなもの。

香りも気分を変えてくれるよね。

ロビーにこの近くの僧院や観光名所の写真が飾られている。孫悟空さんが行きたがっていたタクツァンゴンパの写真もあった。へえ、ここかあ。

夕食はいつものような、スープ、カレー数種、炒《いた》め物、ライスなど。デザートは白くて甘いあれ。

バイキングは好きなものを好きな量、取れるのでありがたい。私は食べる量はとても少ないと思う。

アネゴとツカジさん、ミニくんと同じテーブルだった。ビールを飲みながらいろいろ話す。さっきだれかが話してたことで、「(その人)はっきり言いすぎて嫌われるんだって」と言ったら、アネゴが「私なんてそんなことばっかりですよ」ときっぱり。

「私もたまにある」と私。

それから、私とAさんがそうそうに部屋に引き上げた昨日の夜は、なんと!

食後に先生を囲んでのお話し会があったのだそう。2時間近くも。

アネゴたちは地元のワインを飲みながら聞いてたって。先生がロトの話、結婚詐欺の話などいろいろ愉快な珍しい話をしてくれてとてもおもしろかったらしい…。

くすん。

楽しい時にはいなくて、ベッドメーキングもされず(自分のせいだけど)、悲しい。

ああ…。聞きそびれた。

合宿中に一度だけ行われる先生の楽しい雑談会。私にとってはそれもこの旅のひとつの大きな要素だったのに。

でもしょうがない。

でも残念。

私がよそ者だからだ。だから全部は味わえないんだ、などとひねくれた気分にもなる。

でも、これでいいのだと思おう。自分に起こったことが自分にとってのベストだと、これまでいつも思ってきたように。


ボロボロのタワン僧院に行ったので、もう部屋の窓からきれいにそこが見えないことを悔しく思わなくなった。あの屋根は黄金ではなくペンキだとわかったから。あの建物は豪華ですごい世界ではないとわかったから（でも違う意味ですごいところもあるのだろうけど。お堂やダライ・ラマ14世の部屋はよかった）。とにかく最初に想像したものとは違って内部を知って勝手な憧《あこが》れや幻想がなくなったというか。よかった。

憧れとはそういうものかもしれない。

そんなことをぼんやり考えていたら、ツカジさんが「瞑想《めいそう》の時、涙が出てきた」と言う。あら。ここにも。そういえば瞑想が終わるといつも何人か涙を拭《ふ》いてる人がいる。涙って、魂がなにか、真実みたいなものに触れた時に出るって聞いたことがある。みんな心がどんどん純粋になって、なにかが魂に触れているのだろうか。

食後、添乗員のOさんが立ち上がって、「最後にパンカジさんとドライバーさんへのチップを、あげたい人だけでいいですので集めます」と言う。

先生がつけ加えて、「ぼくの飲み会では割りかん袋というきんちゃく袋をみんなに回すんですね。それには自分が入れたい金額を入れます。多く入れてもいいし、少なく入れてもいい。お金のない人はただ入れるふりをしてもいい。取ってもいい。ただし今回は取るのだけはなしで。金額は、いくら入れる？ とか相場をだれかに聞くのではなく、自分で思った金額を入れてください。その方が気持ちが伝わります」。

私が先生をいいと思うのはこういうところだ。「入れるふりをしてもいい。取ってもいい。自分で考えた方が気持ちが伝わる」のところ。

7月20日（木）

夜中の2時半に目が覚めてしまった。眠れずに、もういいやとあきらめて朝まで本を読む。ちょっと部屋になじんできたかも。

7時、朝食。

ロビーのソファで食堂が開くのをアネゴと待っていたら、先生が来て私たちふたりをサッと見て、アネゴに「おしゃれだね～」と言った（私はその時ハデハデのヨガパンツを着ていた）。するとアネゴが「当然ですよ」と言った。さすが。こういうところが素敵。

この日の朝食に孫悟空さんが味噌汁《みそ》を作ってみんなにふるまってくれた。なんと鍋《なべ》や出汁《だし》、味噌、具の大根などを一式、日本から持ってきたのだそう。とてもおいしかった。

フクちゃんはカレーに飽きたので朝食は食べない予定だったけど、ハマちゃんから「味噌汁があった」と聞いて急いで降りて来たらもうなかったと残念そうだった。

8時出発。今日もいろいろ交渉したようだが、みなさんの安全のためにと言われ、やはりこれ以上先の国境付近へは行けず、他の場所に変更された。

逆立ちの上手なフクちゃんに報告。

「昨日、部屋で逆立ちしたら4分できた」

「それだけできたらずっと続けられますよ」

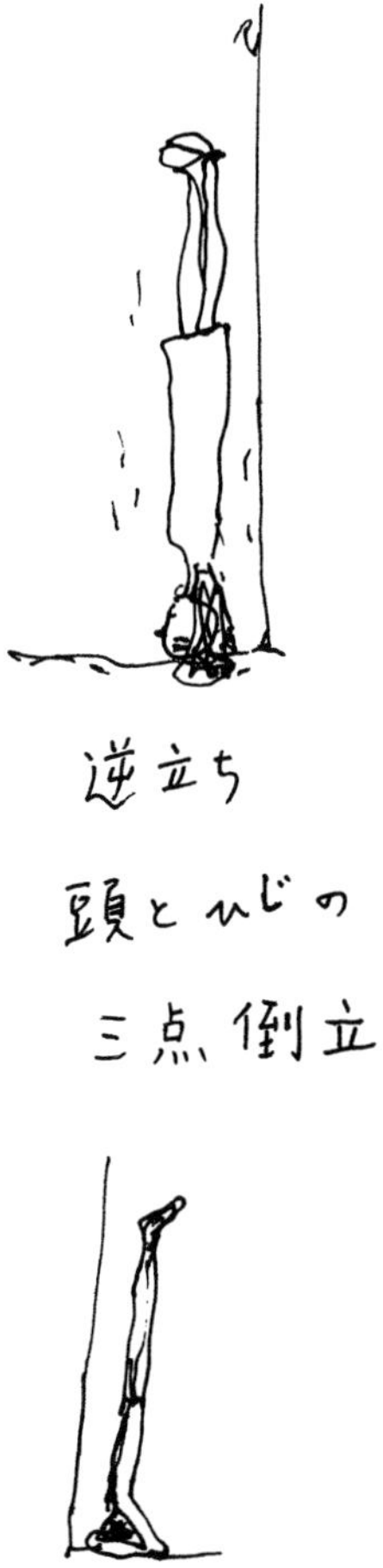

「でもグラグラグラグラするんだけど」

「ちょっとずつ位置を変えてどうなるのか調べてみるといいですよ」

「そしてすごく暑くなる。汗がでてきて。腕も痛くなるし。ここんとこ」

「痛いのは首以外だったら大丈夫」

それから聞きそびれた先生の話を「どんなこと言ってた？」としつこく聞く。


　山のガタゴト道を行く。

寝不足なので車の中で寝ようと思ったけど寝なかった。

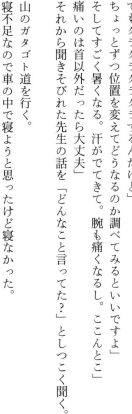

滝なのか川なのか、土砂崩れを応急処置しただけのような、水が道をドードー横切って流れているところを何ヵ所も突っ切って進んでいく。怖いほどだった。

途中の山の中でトイレ休憩。青空トイレだ。女性は前方、男性は後方へと。

次のカーブを曲がったところでと思いながらどんどん進む。この辺でする？　とみんな思い思いの場所にしゃがむ。お互いに隠してあげたりして。サスケがスカーフで隠してくれたけど、人が近くにいるとどうしてもできなくて、急いで先の方に進んで誰もいない場所をさがした。


山道を走りながら、私は時々思い出しては道ばたの草を見ていた。

大麻草が生えていないかなあ…。

「これ？」と聞くと、それはたいがいヨモギの一種だった。よく似ている葉っぱがたくさん生えている。でも、ひとつ、これかもという葉っぱを写真に収める。ハマちゃんに聞いたら「そうだ」と言ってた。うれしい。

11時に山の上のお寺に到着した。ルムラのドルマ・ラガン・ゴンパ。

大きな大きな仏像が建物の上にのっかってる。まわりは霧のような薄もやが立ち込めていてすずしい。

入り口の前に20名ほどの女性たちが丸くなって円になって座っていた。中に入ると、広い空間に仏像が並んでいる。両手、両膝《りょうひざ》、頭を地に着けて祈る五体投地をする女性がいた。孫悟空さんがそれを見て、パッと五体投地を始めた。おお。

私は仏像やその前に置かれた小さな置き物をキョロキョロ見ながら写真を撮る。どこでも仏像の前には小さなものがたくさん並んでいる。それは日本でも同じだな。お墓や仏壇にお菓子や小物をお供えしたり、小さな像や置き物がたくさん並んでいたり。

その後、声を出す瞑想を始める。目をつぶってひたすら一生懸命に。

先生も途中からまた踊り出す。ここの瞑想は気持ちよかった。小高い丘の上で霧に包まれていたせいか別天地のようだった。

やはり場所って大きい。遠くに行けば行くほど、行くことが困難なほど、ありがたみが増す。

困難、難しさ、高価。そこにつけこむこともできるから気をつけなければね。悪い人にかかると騙《だま》すのは簡単。

終わって、ふたたびゆっくりお堂の中を見る。

「お線香の匂い、いいね〜」とサスケが声をかけてきた。

「どこかでお線香を買いたい。私は家で毎日お香を焚《た》いてるんだけど、インドのお香をネットで買うと高いんですよ。どんなお線香か今、見てきた」と言う。

「いいね。私も買いたい。この匂い、私も好き。この匂いは…私的にはいちじくの匂いだ。大好きな匂い。私も見てくる」

台に近づいて線香の写真をパチリと撮る。お箸《はし》のような形だった。

床に転がってた小さな布がかわいかった。雑巾《ぞうきん》のように糸で縫ってあった。お祈りの時に使うのだろうか。


外に出て、巨大仏像ののったお寺のまわりを一周する。白い雲なのか霧なのかがすぐそこまで来ていて幻想的。

入り口付近の女性たちに孫悟空さんが寄っていって何かお話をして一緒に写真を撮っている。孫悟空さんってなんだかすごい。芸術家であり、探求者でもあり、人のお世話もできる人。

私は巨大仏像を背に記念写真を撮ったり、近くにいたミニくんを巨大仏像と並んだように撮ってあげたりした。巨大仏像の手のひらに何か描かれてる。目だ。


そのあと連れて行ってくれたのは小さな集落。そこに着く直前にも車の窓から大麻草を発見（たぶん）。

少数民族であるモンパ族の住むルングラという村。

石を積み重ねて作った家々があり、そのすきまの細い路地をみんなでキョロキョロ見ながら進む。どの家も空き缶の植木鉢に花が植えられて塀や壁にズラリと並んでいる。ちょっと家の中を見せてもらったりもした。薄暗かった。子どもやおばあさん、鶏、犬、みかんの木。ヤクの毛でできたフェルトの帽子をかぶっている人。

私たちが日本で暮らすように、ここにはここの生活があって、これが日常なのだ。もし私がここの住人だったら…とよく旅先で想像することをまた思った。


20分ほど散策してから出発。

1時に山道の途中の広くなっている場所でランチ。運転手さんたちが持ってきたものを広げてくれた。チャーハン、コロッケみたいな揚げ物、チャパティ、肉の炒《いた》めもの、ジュース。チャーハンがおいしかった。あ、チャーハンじゃなくてビリヤニだったかも。


次の僧院に着いた。セラ・ジェイ・チョエコルリン・ゴンパ。

これがタワンでの最後の瞑想《めいそう》になる。子どもたちが学ぶ大きな僧院。

このお寺でも白い布をもらった。それはカタという名前だった。

「神聖なもので、ダライ・ラマ猊下《げいか》に敬意を表すときに差し上げます。人に贈り物をするときにはカタに載せて差し出しますし、友達や親しい人と別れる時にも差し上げます」とのこと。みんなひとりずつこの布をいただいて、すぐに仏様の前の横棒に引っ掛けてお供えした。このあいだのカタはもらって帰ったけど。

声を出す瞑想が終わり、外の仏塔の前で写真を撮ったりしてから帰る。

車の中で、「どうだった?」とフクちゃんに聞いたら、「なんか、もう声を出す瞑想はいいかなあ。あきたな〜」なんて言ってた。

ふふふ。

それから、「あの人(アネゴ)と一緒に来たんですか?」と聞いてきた。

「ううん。研修の時に一瞬、同じグループになったぐらい」

「ああいうオーラの人は初めて見ました。上から目線なんだけど嫌じゃなくて」

うん。いつも首を傾けて見下ろすように気だるく話すアネゴ。

ホテルの近くのこれまた大きな仏像をちょっと見てから歩いてホテルへ。この道を通るたびによく見た仏像だったので近くで見られて満足した。

今日はこれからみんなで町へ買い物に繰り出す予定。

4時にロビーで待ち合わせて出かける。サスケとあの線香をさがす。

最初に入ったお店は暗くて、店員さんも声をかけにくい雰囲気だった。サスケが「ここはダメ！」と言うのですぐに出る。しばらく行ったところのお店のガラス越しに線香や首飾りのようなものが見えた。古物商っぽい。そこに入るといろいろなお線香があった。「ここは大丈夫」とサスケが言うので、私は安いのをひとつ。70円ぐらい。サスケは10箱も買っていた。薦められて高いのもひとつ買っていた。

それから私は、人がしてるのを見て、欲しかった菩提樹《ぼだいじゅ》の実が108個連なった首飾りを見つけたのでそれを（1000円）。ついでにあとふたつネックレスを買う。赤い玉のと白い玉の（それぞれ500円）。じっくりと選びたかったけどどれを選んだらいいかわからなかったので急いでサッと決めてしまった。よかったかどうか。

次に歯磨き粉とかクリームを売ってるアーユルベーダのお店があって、そこでハーブの歯磨き粉（80円、100円）とアーモンドオイル（100円）を買う。みんなも「アーモンドオイルが安い安い。お土産にする」と言って、たくさん買っていた。

あとは食料品屋さんでお菓子や調味料、ラーメンなどをみんな買っていた。私はそこでは何も買わずにただ見ただけ。

アーモンドオイルは買う時は匂いもなくサラッとしてると思ったけど、あとでじっくりと匂いを嗅《か》いだらけっこう人工的な香料の匂いがした。

でも買い物できて楽しかった。

それにしてもサスケの勘のよさには感心した。お店を見て、ここはあんまりよくない！　暗い！　と言ってサッと出て、線香やアーユルベーダの店は、どちらもパッと見て、ここ！　と言ってた。直感力と判断力があるんだ。買い物も早い。「ちょっと（お店の人に）あげてもいいかなって」と、値切らないところも素敵だ。

今日の買い物の仕方を見て私の中でサスケを見る目が変わった。この人を認めた、って感じだ。

タワンの町は、観光地化されていなかった。観光客もほとんどいなかった。客引きもゼロ。軍や警察関係者が多く、買い物するのもそういう人だけ。スナック菓子を売るお店が多く、他には靴や衣料、鍋《なべ》などの日用品。お土産物屋は少なかった。

5時半にホテルに戻って7時の夕食まで部屋で休憩。


さて、夕食の時、喜び勇んでさっき買った首飾りを3つ首に巻いて行ったら、もっとすごい人がいた。あの立ちションベン器の孫悟空さん。タクツァンゴンパや国境付近のお寺に行きたかったけど行けなくてとても残念そうだったけど、今日、町のお店で古い首飾りを見つけたと興奮している。見るとかなりの年代物で、革ひもに4つの飾りがぶら下がっている。3つはお経入りの四角い革の箱、ひとつには仏陀《ぶっだ》。その首飾りがどんな時を経てここにあるのかと思うだけでロマンを感じる。

「これに出会ったの。本当に、これを手に入れられただけでも来たかいがあったわ」とうれしそう。

「お似合いです」と私も思わず目を見張る。

値段も高くなく1400円ぐらいだって。でも値段ではない。素晴らしいものと出会われたと思う。私には似合わない。なんとなく背景が重すぎる。私にはこの軽い菩提樹の実や平凡なのがちょうどいい。

同じテーブルにハマちゃん、ぼんやりしたツカジさん、目の大きいヒロコさんがいたのでいろいろ話す。ヒロコさんが私に「奥様っぽいですね」と言う。こっちに来てからドライヤーもなく、天然パーマの髪がいっそうクルクルになっている私。

精神科医のツカジさんはいろいろなことを経験されていて、コーチングの資格ももっているそう。ヒロコさんがそこのところを興味津々に聞いていた。ツカジさんは話し方がくよくよした感じがして私にはとてもコーチングが上手そうには見えなかったが、このボソボソ感が案外いいのかな。ハマちゃんはツカジさんが何を言ってもびっくりしたような目をして「へーっ、へーっ」といちいち素直に驚いていた。

また、私も過去にスピリチュアル系のいろいろなことを体験したとかいつまんで内容を話したら、ヒロコさんが「そんなにいろいろなことをやられたってことは悩みも多かったんですね」と言うので、「ううん。好奇心」。

部屋に帰ってベッドの上にのんびり寝転がり、私の3つの平凡な首飾りたちを広げてよく眺める。菩提樹の玉の数を数えたり（やはり全部で108個）、ころころ転がしたりする。

赤い玉の首飾りに1センチぐらいの小さな銀の飾りがついていた。これはなんだ？　とよく見たら、小さな掌《てのひら》の中に仏の顔がすっぽりと入っていた。へえ。妙にかわいい。うれしい発見。

10時半、就寝。

7月21日（金）

夢を見てた～。

仙人みたいなおじいさんのお医者さんが出てきた。なに言ってるのか言葉はわかりにくいんだけどすごい人っぽかった。砂から石の彫刻を掘り出す占いをして、「ほう～。あんた、大きな仕事がくるよ」と言う。「どんなのですか？」「わからん。私の仕

7月20日

右のカップがふるまわれたみそ汁.

あら、ホテルにも14世の写真があ

「ハマちゃん、もしかして これ?」

トーストにジャム、チャイに砂糖

ルムラのドルマ・ラガン・ゴンパ。五体投地をする女性。

思議な
生物.

いい匂いのお香
茶色い
お箸のような形.

お供えの人形
キュート

入り口付近に集まって話していた女性たち

外へ出て上を見あげると、大きな大きな仏像が幻想的に…

床に転がっていた小さな布

手のひらに
描かれていた目→

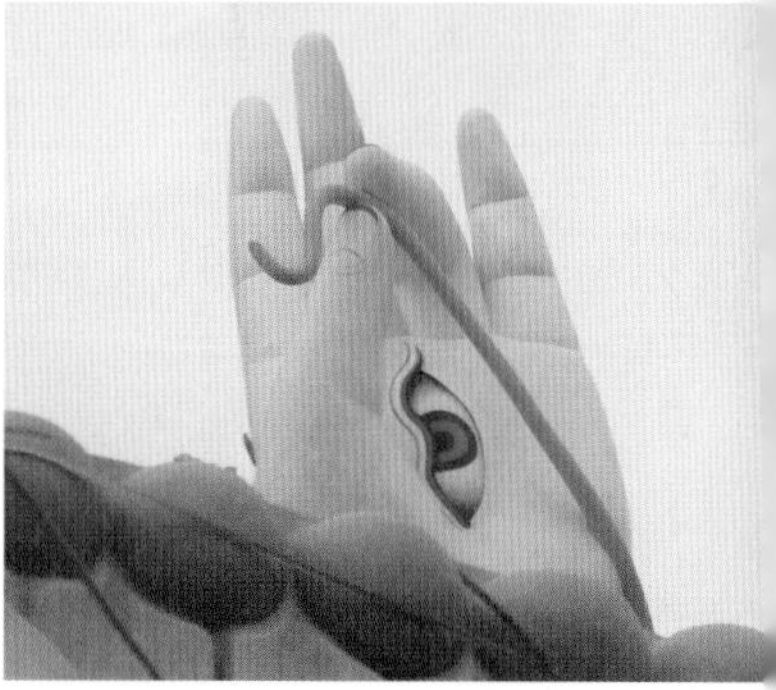

少数民族のモンパ族の住む村、ルングラを散策しました。

石を積んで作った家々。静かでした。

← 家の中を見せてもらいました

ここにも犬が

小さな女の子がこっちを見てた

この壁の白い点の模様が好きでした

ヤクの毛でできたフェルトの帽子をかぶっていました.

← 山道の途中でランチ

コロッケみたいなのや
チャーハンみたいなの
おいしかった
↙

あいかわらず
天気は悪く
雲はひくい.
↓

タワンでの最後の瞑想、セラ・ジェイ・チョエコルリン・ゴンパ。

 いただいたカタは、すぐに仏様の前の横棒にお供えした。

こまかい細工

外にあった建物の前で記念写真。いつものポーズで。

チベットの
雪獅子
スノーライオン
「センゲ」

ホテルの近くの大きな仏像。

ここから歩いてホテルへ。テクテク。

町の中のお店。
植木鉢が並んで

人通りは少な

目の前を横切っていったふたり。
お姉ちゃんと弟かな。

← 夕食

今日、買ったもの
お線香、スパイシーなハミガキ粉、
ネックレス3つ。
↓

古い
首飾り
←

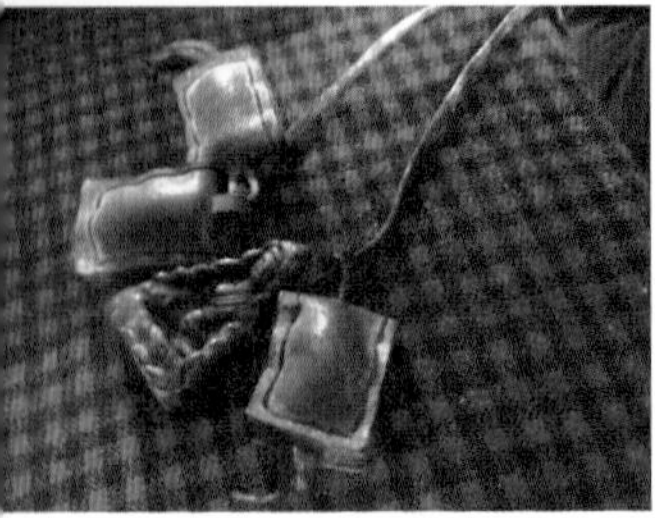

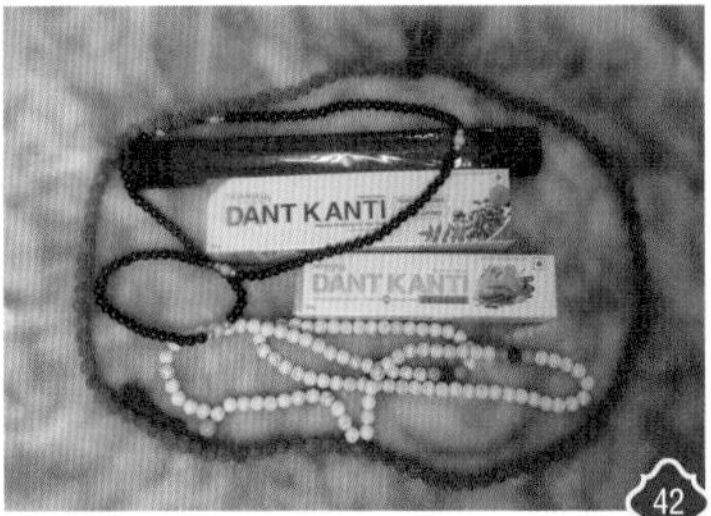

7月21日

こんな感じのバイキング。

朝食。お粥。たくわんも。

雨模様の中、テラスへ。

食堂の様子。

植木鉢や花を
パチパチ撮る

さようなら
花や寺院や
仏様たち

砂崩れみたいになってるところを 人が数人、カゴを持って 何かしていた.

はげしく降る雨. 民家. 屋根の タルチョも ぬれている.

ヌラナン滝。すごい水量だ。

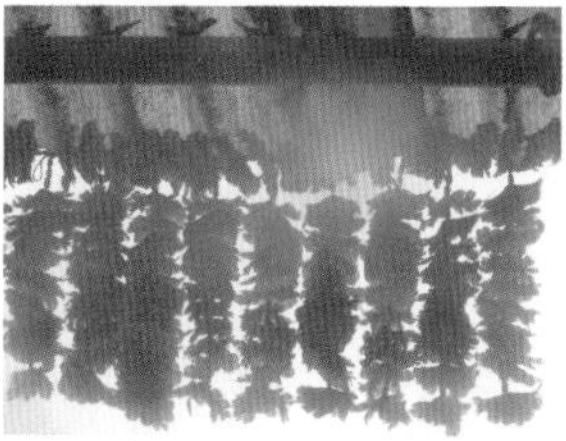

ガソリンスタンドの造花の飾り

白くて丸い花のようなもの

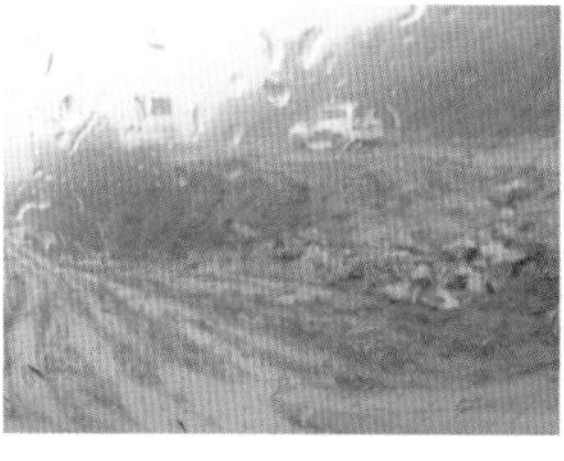

ものすごいぬかるみ

だんだん下ってきました

ディランの町へ到着
お面やお菓子を売ってた

タルチョがはためく

雨もあがった

お昼のカレー

ひさびさに見た青空

ボンディラのホテルの部屋から

となりの建物

お茶を淹れて飲

ベッド

ホテルの内装は木でできていてあたたかみがある

暮れゆく空

洗面所. 白と水色

ロビー. 重厚感あり

部屋の窓

食. 今朝のクレソンが回って来た.

買ったワイン。味は…

事はここまで」。

それから私が普段から気になっていたこと、「お酒を飲んでいいんでしょうか」と質問したら、「ワイン3～4杯はいい。たまには1本全部飲んでもいい。月に3～4回は1本飲んでもいい」。

そこで目覚ましが鳴って目が覚める。お酒のところは願望か。

その先も見たかったわ（今までのところ大きな仕事はきてない）。

今日からもう帰路の旅。

雨が降ってる。

6時半に朝食。今日は添乗員のOさんがお粥《かゆ》を作ってくれた。おいしい～。ホッとする。ふりかけまであった。

またたれかが先生に「朝食は食べないんですか？」と聞いてる。「決まってない。いいかげんいいかげん」とまた先生が同じように答えてる。

テラスの植木鉢や花を撮り納めと思ってパチパチ撮る。

7時半の出発の前にロビーで車チェンジのくじを引くらしい。

早目にロビーに行ったらまだ人がいなくて、先生と2〜3人だけがソファに座っていた。そこへこのホテルの関係者らしき高校生ぐらいの少女がタタタッとやって来て、恥ずかしそうににっこりしてから、先生の前に身をかがめ、手を合わせて頭を下げた。すごく崇拝しているふうに。

すると先生がその頭にそっと手を置いた。女の子はとてもうれしそうにして、去っていった。

なんかすごいなあ〜と思った。あの少女をあんなにうれしそうにさせられるなんて。偉いお坊さんに祝福してもらったような感じか…。

ヨガの先生というのは日本よりもインド

で、より尊敬されているんだなあと思った。私たちの感覚とは違う何かを見た気がした。私たちだったら、日本だとなんだろう、あんな喜び方をするような人がいるだろうか。自分が深く信仰している宗教の偉い人とか、とてもとても尊敬している人…。今、祝福をしてもらってあれほどうれしくなる人が私にいるかなあ。

思いつかない。信仰もないし、心からすごいと思う人も尊敬する人もいない…。だれだったらうれしいだろう。ちょっと考えてみよう。

だれかと交流できてすごくうれしいと思えるには、前もってその人のことをすごいと思ってたり尊敬していることが必要で、それには真剣さがないとね。

くじ引きが始まった。

私は6号車。メンバーはミニくんと美人若夫婦。若夫婦が真ん中の2席に座ったので、必然的に私とミニくんが助手席と最後尾になる。途中で交代しようね。最初は私が最後尾に。

まず、滝を見に行くそう。

今日は雨。

けっこう降ってる。

来る時に越えた山の道は、あの時でさえ川のようだったから、今日はどうだろう。

道は通れるだろうか。山越えはできるだろうか。先生のツアーでは予期しないアクシデントがよくあって、がけ崩れが起きて足止めされたりなど、過去にいろいろあったらしい。

山の斜面から道路を川のように水が横切って流れている。どうするんだろうと思っていたら、その上を車はぐいぐい進んでいく。怖いほどだ。

土砂崩れみたいになってるところを人が数人、カゴのようなものをもって何かしていた。復旧してたのかな。

道路沿いの民家。暗い空に五色の旗がはためく。この旗はタルチョといって五色の旗に託された文字や絵が風になびくことで読経《どきょう》したことになるというチベット仏教の信仰のひとつ。

滝に到着。ヌラナン滝。すごい水量だ。この滝の水で水力発電をし、それでタワンの電気をまかなっているのだそう。発電所の中も見学させてくれた。とても素朴な発電所だった。

遠くの山を指さしてそこのガイドさんが、「あの向こうがもう中国との国境になります。あそこから中国の兵が入ってきました」と言う。

滝をしばらく見てから、青空トイレへ。

山のふもとの草の生えた小道にみんなで分け入る。隣にサスケ。緊張でなかなか出ない。でも顔を上げるとさっきの滝がすごい勢いで流れている。巨大な白い水しぶきが岩肌を覆ってシャーッと。私はその滝を見ながら「まるでイメージ映像みたいだね」と言ってたら無事に出た。

孫悟空さんがいたので、「あれ、使いました？」と聞いたら、「使った」って。

小道の出口にきれいな湧き水が流れていて、クレソンが生えていた。孫悟空さんがそれを摘んでいる。だれかが「ヒルに注意」と声をかけている。孫悟空さんは先日嚙《か》まれたそう。

9時に出発して、9時半、ガソリンを入れるためにストップ。窓から造花の飾りを撮る。そこでまた「ヒルに嚙まれていないか」という伝言が回ってきた。ハマちゃんが嚙まれたそう。

何かのチェックのためにストップ。ちょっとだけ車外に出る。

ヒロコさんがツカジさんと同じ車で、「コーチングのことや聞きたかったことをいろいろ聞けてうれしいです」と喜んでいた。

「前回のツアーにも参加したんですけど、その時は自分の精神状態があまりよくなくて、正直、あんまりよくなかったんです。今回はどうしようかと迷ったんですけど、悩みが多かったので思い切って来ました。参加してよかったです」って。

わあ。よかったね。

みんなそれぞれ、なにかいいものを得てる。孫悟空さんはあの首飾り。

私は？

思いついた。いちばんいい旅の仕方って何かな…と考えていたんだ。それの答えがだんだんはっきりしてきたこと。

やはり、あることをして苦しいとか心地が悪いと感じたら、その部分が自分には合わないということ。なので改善点はそこになる。そこを自分で変えていけばいい。

これからまた4000メートル超のセラ峠越え。道路の状態はすごく悪い。雨でぬかるんでドロドロ。そこを猛スピードで進む。

峠付近にはきれいな高山植物が生えているけど、写真を撮ろうとしても窓ガラスの水滴でピントが合わない。何枚撮っても窓ガラスにピントが合ってて悲しく笑った。

峠を越えたあたりにものすごく大きなアザミのような花がいくつも咲いていた。気になった。それも見るだけ。

苔《こけ》の上に小さな白い丸っぽい花なのか何なのかがたくさん……。

次に止まったら窓ガラスを外から拭《ふ》こうと、ティッシュをポケットに入れる。

12時に、行きも借りた軍のトイレをまた借りる。

孫悟空さんが売店でアーミーの迷彩柄の帽子を買っていたので私も買う。キャップとハットで迷って、どっちも買った。2つで220ルピー（約440円）。安い。他にも何人も買っていた。でもあとでかぶってみたらちょっと小さかった。

売店から出た道の先で数名の方が先生を囲んで談笑している。先生がかぶっている灰色の帽子がよく似合っていてその話題。

私も1回ぐらいは先生に何か記憶に残るようなことを話しかけようかな…と思いな

大きなアザミみたいな花

がら近づくと、先生の爬虫類《はちゅうるい》のような小さな冷たい目がキョロキョロしている。

やめた。

必然性がないから。

私もその帽子が似合うと思ったんだけど帽子の話題は終わっていたし。

どうしてもこのことを話したいとか、聞いてみたいという純粋で強い気持ちがない時には人に話しかけてはいけない気がする。

反対に、どうしてもという強い気持ちがあれば、どんな人にだって話しかけていいと思うし、そうしてる。


あ、しまった。窓の水滴、拭き忘れた。

移動中、車の中でじっくり考え事をした。

無事、山から下りる。

2時。雨もやみつつある。ディランのホテルで昼食。庭の花がきれい。カレー数種、ピラフ、焼きそば、トマトと胡瓜《きゅうり》。

食べながらみんなが話してる。誰かがフクちゃんに、「この人、すごい集中力よ。ヨガの練習中、ふざけてちょっかいだしても全然気づかないの。逆立ち、1時間でも何時間でもやってるのよ」。

アネゴとフクちゃんはヨガのクラスで一緒になることも多いそう。
フク「修行クラスにいました？」
アネゴ「修行クラスで私を知らなかったらモグリですよ。ひとりしかいなかったことがある。前、髪、長かったでしょ」
フク「ああ。はい」
アネゴ「髪、切った方がいい。前は長くていかにも怪しかった」
フク「ぼく、またのばそうかと思ってるんです」
私「嫌われるために？」

前に泊まった張りぼてホテルがここから見えるとか見えないとか騒いでるので私もメガネを持って来て窓から眺める（見えなかった）。

庭の大きなブーゲンビリアの前で写真を撮ったりなんかして、3時出発。

ああ、また水滴を拭き忘れた。

天気はだんだんよくなって、雲のすきまに青空も見えてきた。山や空を見ながら考えにふける。


4時、ボンディラのホテル「ツェパル・ヤンジョン」着。

人のいる賑《にぎ》やかな町中にあって、古いけどあたたかい。木のぬくもりを感じる。いい感じ。今までのホテルはすぐ近くにお店がなかったのですごくうれしい。

夕食までみんな、まわりのお店などを見ている。私もツカジさんと見て歩く。酒屋があったので白ワインを買った。７００円ぐらいだった。ツカジさんは赤ワインのハーフボトルを。

歩きながら、興味のあることをいろいろしゃべる。私が「あれやった、これやった」と言うたびに「僕もやった」という。私たち結構同じことをやっている。ヘミシンクやキネシオロジーもやってるなんて。

「興味の対象が似てるんだね」

ヘミシンクは今でもやっていて、先に進んでさまよう魂を救出しているっていうから驚いた。どういう人がやってるのかと思ったらこういう人だった！

「それ、本当に見えてるの？」

「うーん。何となくそう思ってやってるけど…」

はっきりしないんだ。

その他にもカウンセリングやチャネリングみたいなセッションを人にやったという。亡くなった人を呼び出したり、って。

「へーっ！　どうだった？」

「3分の1ぐらいの確率で当たってるって言われた…」

と、ぼんやりと話す。この人、爪を隠しているのか、本当にぼんやりさんなのかわからない。つかみどころがないのらくらした感じ。とりあえず、親しくならないように気をつけよう（いや！　いい人なのかもしれないけど）。

「占いは？」と聞くと、占いには興味がないそう。

精神科医。こののらりくらりした感じでどうやって患者を治すのだろう…。

緩和ケアもやってたらしい。これまたどうやって…。いや、こういうおっとりとしたところがいいのかもしれない。

そして、ある有名なコーチングの先生に指導を受けたそう。

「えっ！　ホント？　あの人に？　(高かっただろうな…）どんなこと教わったの？興味ある」

「それがなんにも」

「どういうこと？」

「部屋に入ったら先生が椅子に座っていて、『やあ、近況は？』ってまるで知っている人に話すように聞いてきて、ああ、って普通にいろいろ、とぎれなく話したら、それでもう終わり。認定される」

「え？」

「それでいいんだって。非言語の会話が重要で、それで交流してるから」

むう〜。そうか。それってもはや洗脳では？　でも、それでいいのか。相手が納得すればいいんだから。頭いい人ほど洗脳しやすそう。洗脳っていうか、受け取り方を工夫して勝手に理解してくれそうだから。

「例えば患者が『鬱《うつ》、やめたいんですけど』っていうと、『じゃあ、やめたら？』って言うらしい」

「ふう〜ん」

そういうとこに騙《だま》されたんだね。いや、失礼。惹《ひ》かれたんだね。


部屋に帰ってポットで紅茶を淹《い》れて飲む。はじめて部屋のポットでお茶を淹れた（味はまずし）。今までは部屋の居心地がいまひとつでまったくそういう気になれなかったので。この部屋は好き。

さっそく買った線香をつけてみる。

くんくん。やはりあの匂い（シャクナゲの香りと何かに書いてあったが私的にはいちじくの匂い）だ。よかった〜。


7時、夕食。

サスケにさっそく線香の匂いのことを報告する。

「同じ匂いだったよ！」

食堂はこぢんまりとしている。古く艶《つや》のある茶色の木でできていて薄暗く、いい感じ。冷してもらっていた白ワインとツカジさんが買った赤ワインのハーフボトルをお酒好きのアネゴ＆ツカジさん＆私で飲む。味は、まあまあ。

夕食はいつもと同じようなメニューのバイキング。もう飽きたなあ…。

ハマちゃんはどこかのお店で隣にいたおばあさんと話したのが縁で自家製の地はちみつをもらったと言ってみんなにおすそ分けしていた。あとで持って行くと言われ、本当にホテルまで持ってきてくれたのだそう。「ハーフジャケットの彼に」って言って。ダウンベストのことだ。「ハーフジャケットの彼」って呼ばれたところが私には印象的。なんだろう。胸がくすぐられる。で、そのはちみつ＆クラッカーをいただく。おいしかった。

孫悟空さんからは、今朝のクレソンが回って来た。

アメニティグッズの歯磨き粉がクミンシードの味だった。持って帰ろうっと。

9時過ぎには眠くなってコトンと眠る。

7月22日（土）

5時起床。ぐっすり眠れた。

はじめてWi-Fiがつながったのでメールなどを読む。

とにかく髪の毛がすごいことになっている。くるくる度が。


7時、朝食。フクちゃんに「昨日は逆立ち、5分できたよ」と報告。

フクちゃんは他にお経を読むヨガにも通ってるそう。バックパッカーで、よく旅行もしてて、「ぼく、Mなんでつらいの大丈夫なんですよ〜」とも言ってた。

「ヨガの先生になるの？」と聞いたら、「ヨガの先生になっても稼げない。稼いでるヨガの先生は信用できないし」と言う。

「だよね〜」と、一瞬考え込んだ私たち。

まだ若いしいろいろ経験したいだろうね。


8時に集合して、歩いて近くの寺院へ。ここで最後の声を出す瞑想《めいそう》。

その寺院の入り口に花壇があって花が咲いていた。

薄いピンク色のダリアと紫陽花《あじさい》。

常連ご夫婦の旦那《だんな》さんの方が「この違いがわからないんだよね〜。同じ花で大きさが違うだけかと思った」と言った。ニコニコしながらさわやかに。

「こっちが紫陽花で、こっちがダリアですよ」と説明しながら、私は美しい衝撃を受けた。花好きの私にとってはまったく違うものなのに、興味のない人にとってはこれほどまでにわからないとは。

なんだ、だったらなにも気にしなくていいんじゃないか、という解放感を覚え、なぜだかスーッと癒やされたような気持ちになった。

癒しの神髄って、こういうことかも！

気にするほどのことじゃないって、気づくこと。


朝のお寺はすがすがしい。

町の中の小さい寺院というのもよかった。最後の倍音声明をする。それはとても長かった。薄目を開けて見たら、先生がひとりひとりの前に行って順番になにかしている。エネルギーを与えているような。

向こう側が終わり、次は私のいるこっち側へ。私は目をつぶって待った。私にもなにかしてくれたはずだけど鈍い私はなんにも感じなかった。

終わって、「緑色の小さな点が見えて、それは異界への穴だった」と先生が言う。そして先生は昨夜、インド修行の小説の続きを書いていたそうで、それを思い出しながら声を詰まらせていた。

それから、「仏様も、ミラレパも、ダライ・ラマ14世も、そういうものはすべてガイドにしかすぎず、大切なのはその向こうにあるものです」と強く念を押された。

ふむふむと聞きながら、私はパラマハンサ・ヨガナンダのドキュメンタリー映画の中の言葉を思い出していた。

「真のグル（指導者）は、弟子をグルにではなく弟子自身に導く。無限の真の自己へと導くのです」

「すべての魂は旅の途上で、異なる地点にいるだけ」

「人生は神秘の中でのみ、つじつまがあう」

終わって、それぞれにホテルへ向かう。

サスケが急ぎ気味に寺から走っていく。

どうしたんだろう。

聞けば、「買いたいアメがある」と言うので私もついていった。

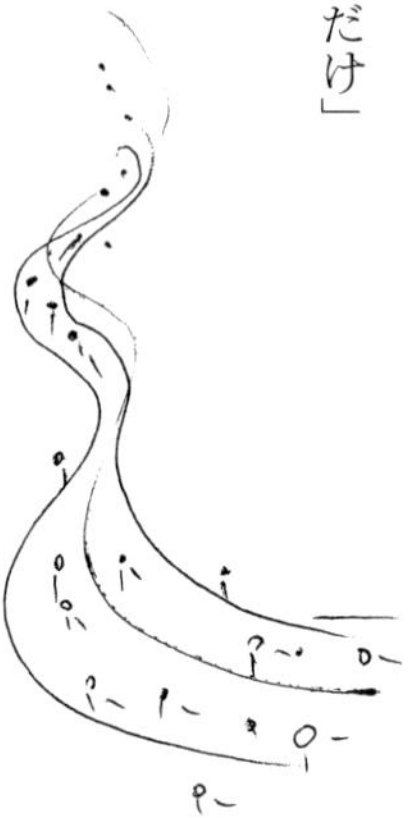

7月22日

薄いピンク色のダリアと紫陽花

歩いて近くの寺院へ瞑想し

アメをさがしたお菓子屋

ここで最後の倍音声明

ここでも犬がぐっすり

玉子の上に、皿に入った葉っぱがま

町の雑貨屋さん。アルミの調理道具がたくさん並ぶ.

豆などの乾物屋さん. どのお店も、じ〜っくり見たかった

ボンディラを出発して先へ急ぐ

タルチョ…… タルチョ…

帰りも悪路，飛び跳ねる

道ばたにまた大麻草が！

ここで昼食，売店&レストラン．

休憩，チャイが配られる

↑とても自然だと感じた料理。

「花がまったく咲いていなかったラン園

自転車のサドルに…

車から見えた、女性ふたりがおしゃべりしているところ

水滴のついた窓ごしに見る

← ナメリ国立公園の
エコキャンプ

エコキャンプの中。湿度が高く、暑い。熱帯のジャングルっぽい。

フロント棟。木や草も熱帯チック。

ブランコに乗って
ブラブラこいでいるIさん。
ボーッと…。
その様子に
妙に引きつけられた。

大きな小屋で待

部屋割りが決まり、
自分の小屋へ向かう

 これが私の小屋。カギはない。テントの入り口をマジックテープで閉め、

テントの中の様子。一見、きれいに見えた。

ヤギの親子

みんなでミシン族の村見学。

遠くに村の女性たちが

ハミガキ粉とハブラシ
すきまに差し込まれてい

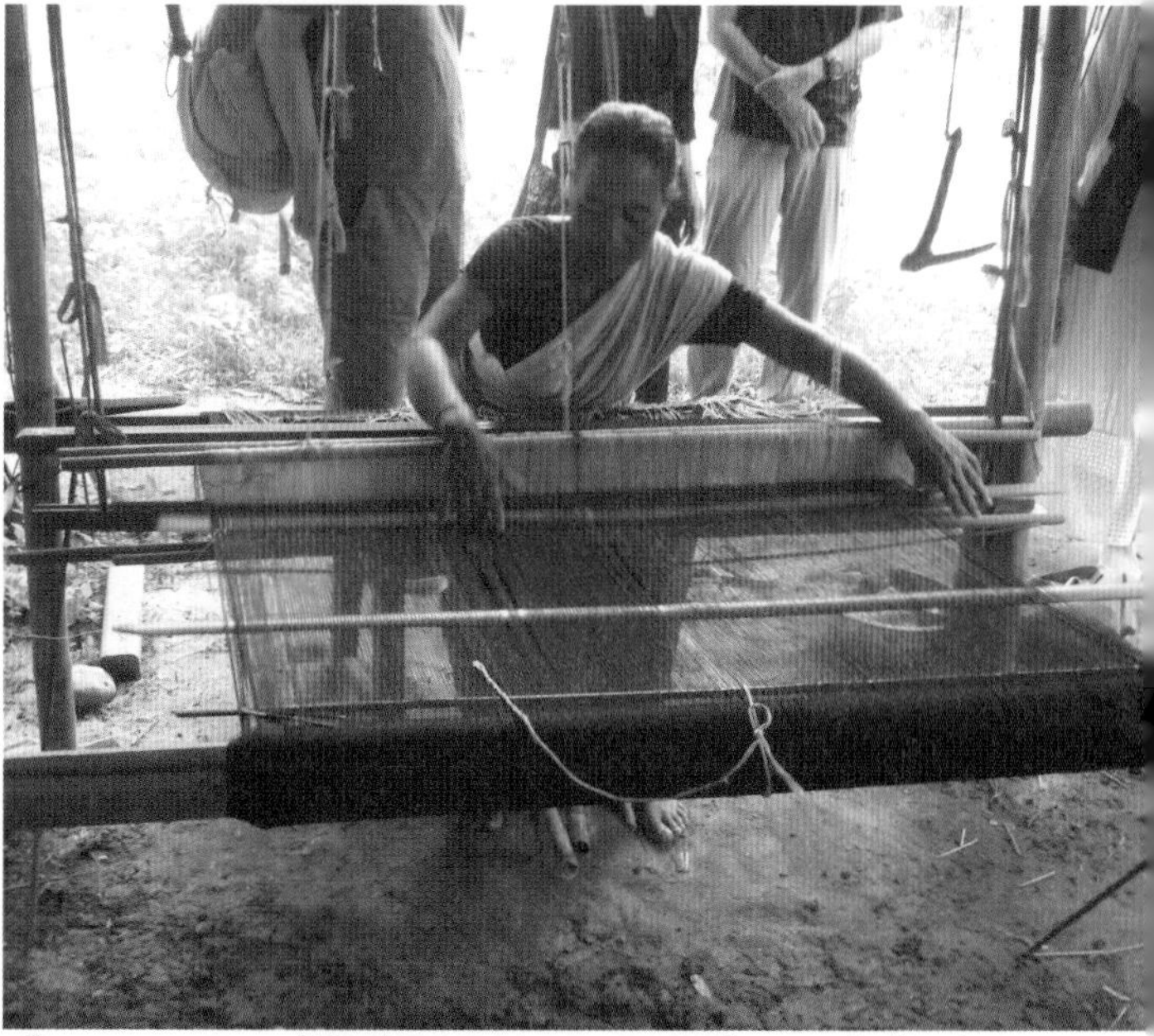

機織りしているところを見せてもらった

ニワトリの親子

夕食　いつもの感じ

水田。日本みたい。

ランプがともるレストラン

もらった青いレモン

朝。テントの中は 散らかってしまった。

中庭で 集合写真を撮ったり、なごやかに。

朝食

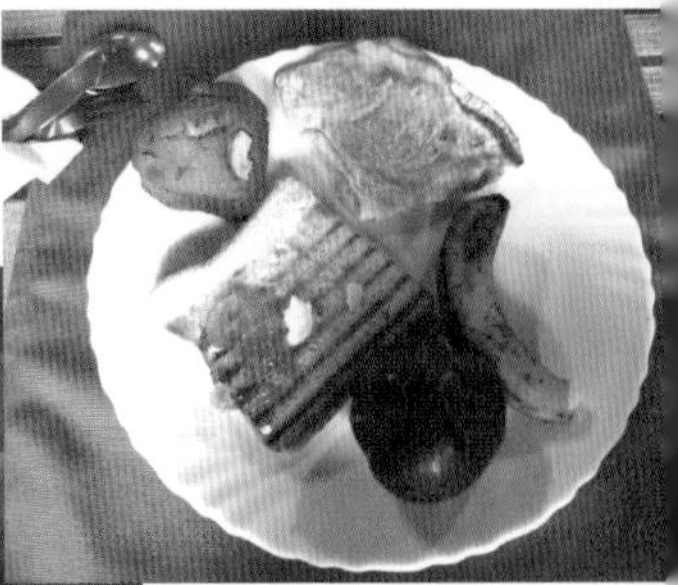

珍しい鳥、ホーンビル

ジャスミンの花

男の子が黒い山羊を連れて歩いていた。

教会に行くところか 帰るところだろうか

ランチ。たくさんでてきた。

10時半に休憩。お菓子を買う。

国内線の機内食。丸くて甘いお菓子。

サフランライスとミルクチーズ。

デリーの空港の
↙ 私の好きな大きな手

食後のお茶とお菓子 ←

す暗い
座席 →

忘れられていたディナー

軍の帽子とキャップ

リバーシブル

2つで
20ルピー
440円）

もらった紅茶

ネックレスに仏様の顔が！

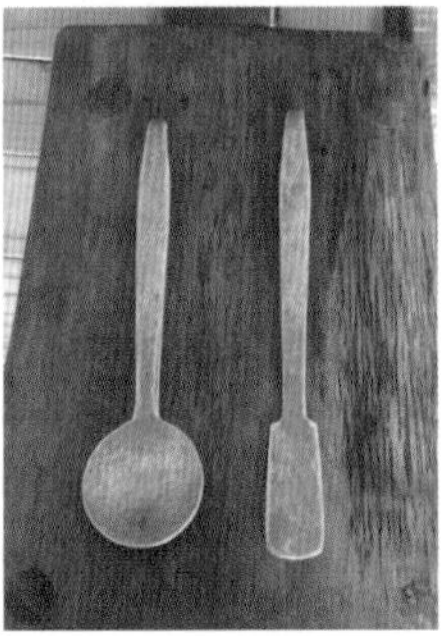

アルミの調理道具

「最後の瞑想、どうだった?」と聞いたら、「ざわついてた」とひとこと。

「茶色いアメ、アメ」と言いながら店を回ったけど、ない。皿の上の葉っぱがまたあった。これはいったいなんだろう…。

私はサスケが昨日買ったアルミの素朴なお玉が欲しくて、たくさんの調理用品などがぶらさがってる雑貨屋さんでまぜるやつを2個、急いで買った。乾物や豆、鍋《なべ》、手提げなど、じっくり見たかったなあ。どれもちゃんと人が使うやつ、生活必需品だ。

道には五色の旗(タルチョ)。

瞑想が長かったので、時間がないから急いでと言われ、9時15分にバタバタと出発。

どんどん山を下る。

道ばたにまた大麻草発見!

走ってるのは工事の車と軍の車だけ。すごい土ぼこりだ。

車の中ではポップミュージック。いい曲もあっていいんだけど、インドっぽくなくてちょっと辟易《へきえき》する。アメージング・グレースやリンキン・パークが流れていた。

崖《がけ》くずれの道を行く。土がざらざら落ちてくる。すごい道。流れる水。

見ているだけで緊張する。

ボンボン飛び跳ねながら、案外、こういう恐ろしい道ではポップミュージックが助けになるのかも・・と思った。気持を現実からそらせてくれる。

11時半。トイレ休憩。山の斜面に青い花が咲いている。

トイレを待っていたら、孫悟空さんがサスケになにやら熱く語っている。「なになに？」と近づいたけど、こっちも見ずになおも話し続けている。聞いていると、「あなたは太陽のように明るくてみんなが集まってくる。だから情報も集まる。あなたはとても明るくて素晴らしい」みたいなことを言っていた。サスケの顔を見てみたら、「いやぁ〜」と言いながら妙な表情をしていた。対応に困るといってるような表情のサスケがかわいかった。

チャイが配られる。

飲んでいたら、海外旅行がはじめてで、性格がやさしい、先日高山病になったAさんに蜂がブーンブーン飛んできて離れない。他の人のところには全然行かなくて、Aさんのところにだけ。

きゃあきゃあと逃げまどうAさん。笑うフナちゃん。

あとで聞いたところによると、Aさんは何よりも蜂が大の苦手なのだそう。よりによってね。

いったん消えたと思ったら、またやって来た。またクスクス笑い続けるフナちゃん。

それを見てフクちゃんが、「フナさんの悪いところがでましたね」と冷静につぶやいていた。

なるほど。

森の妖精のようなかわいいフナちゃんも、ちょっと風変わりなおもしろい人みたい。

出発して30分後、猛スピードで走っていた他の車と運転手さん同士が喧嘩《けんか》になる。車を止めて、言い合いしてる。緊張が走る私たち。

収束した様子。

若夫婦とミニくんが話しているのが聞こえてきた。

食事について。

ミニ「一日一食ぐらいしか食べない。ハラへってるのが好きなんですよ。ハラへってるな〜って、すごいハラへってから食うのが。だから今は食べすぎてますよ。普段こんな食べない」

なるほど。インドで1カ月修行してただけのことはある。今は地元でヨガを教えてるヨガの先生なんだよね。

「ハラへってるのが好きなんですよ。ハラへってるな〜って、すごいハラへってから食うのが」を聞いて、なぜか私もだんぜんそうしたくなった。

なんかいいと思った。

ミニくんの淡々とした話し方、ひょうひょうとした存在感、そういうのすべて含め。時々、カッと目を見開いている不思議さのある人ではあるが。

本当にそう思って言ってたから。

本当にそう思って言ってる人の言葉は「お守り」になる。

この言葉を忘れないようにしよう。

無意識にものを食べ始めたら、思い出そう。ハラへるのがいいことみたいな気にさせる。ハラへるのが怖くない。私も早くハラへりたいってまで思った。

ハラがへることが強迫観念みたいになってて、ただの習慣で、12時になったらお昼食べなきゃとか、夜になったらご飯食べなきゃとか、ご飯を食べ損ねた時に変にイライラしたり、原因となったものごとを恨んだり、無意識に思ってた気がする。

でも別に、食べなくてもいいんだよね。ハラへるって、異常なことじゃない。悲しいことじゃない。それが好きって思えれば、ハラがへっても怖くない。

ハラがへるのはネガティブなことじゃないと気づかせてくれた。

ミニくんは本当にそう思って言ってるんだけど、もっと範囲を広げて、この言葉、他のことにも応用できないだろうか？　人にどうこう言われたくない時に、ストップをかけるために。

例えば…、

「金ないのが好きなんですよ。金ないな～って、すごい金ないまま生きているのが」

いいね。

「恋人がいないのが好きなんですよ。彼（彼女）いないなあ～って、すごい、ひとりのまま生きているのが」

いい。

「〇〇が好きなんですよ。〇〇だな～って、すごい〇〇のまま生きているのが」

一般的にネガティブだといわれていることを、なんでも〇〇に入れればいい。

「人気ないのが好きなんですよ。人気ないな～って、すごい、人気ないまま生きているのが」

そうサッパリと明るく言えれば、それでその話題は終わる。本当は好きと思えなくてもとりあえず言い切ることができればいい。自分でそう明るく言えれば人は何も言えなくなる。ここにもまた解放感を覚えないだろうか。

12時半、昼食。

売店と一緒になった小さなレストラン。うす暗い部屋の赤い壁に素朴な絵が描かれている。作り置きしないインドなので、出来るまでかなり待つ。待ってるあいだがとても退屈だった。

でてきた！

スープ、チャパティ、オクラやナスのいためもの、キャベツとトマトの酢漬けみたいなの。おいしかった。

ここの料理はなんだか特に自然な気がした。私が自然農を始めてから、その日に畑にある野菜を数種採ってきてサッと焼いたりして食べる、あの食事と共通のものを感じた。私も作り置きしないで、その時にあるものを畑から採ってきてゆっくり調理して食べる、みたいな食生活にしようかなあ。食べるものがたまたまなかったら、ミニくん方式にサッと気持ちを切り替えて、恐れることも心配することもなく、空腹を楽しむ。なんか…なんか…、すごくいいことを思いつきかけたような…。

1時半出発。

車の中ではいろいろ考えごとが進んだ。

これから先のこと、今思ってること。したいこと。ハッと思いつくたびにノートにメモする。


2時40分。ティピのラン園見学。これは予定表にも書かれていて、花好きの私はとても楽しみにしていた。楽しみ！　と前にアネゴに伝えていたほど。

が、そのラン園、まったく花が咲いてなかった。温室にもひとつも。

時期が悪かったのだろうか？

しょぼい荒廃したラン園。展示室に至っては電気も点《つ》かない。みんながトイレに行っただけ。私は行かなかったけど。

アネゴに、「どうだろう？　このラン園」。

「ありえませんよ」

ですよね。

でも敷地内に咲く雑草なのか、地面いっぱいにきれいな花が広がっていた。それらを見ながら進む。

アネゴは月に1回ぐらいのペースでヨガのクラスに通っているそう。普段の仕事とはまったく違う世界なのでリフレッシュされる、同僚でこんなことやってる人はいない、って。「とにかくあの先生はすごいですよ」と言っていた。

移動中に見た道沿いの家やお店にたむろする人々、店先に置かれた野菜、自転車のサドルに置かれた葉っぱに包まれた食べ物など。見るもの見るもの、心がグーッと乗り移る。

特に、女性ふたりがおしゃべりしていた場面は、懐かしいような、まるでかつてそこにいたような、知ってる人のような、自分がその人たちであるかのような気分になった。

3時40分。ナメリ国立公園内のエコキャンプ到着。最後の宿泊地だ。

景色がいきなり変わって、ここはもう熱帯のジャングルっぽい。湿度が高くて暑い。ムシムシ、しっとり。でもなんだか好き。この熱帯の雰囲気、大好き。

入り口に着いたら、中から子供たちが飛び出してきた。従業員さんの子供だろうか。鍵《かぎ》を渡されるまで大きな小屋で待つ。

庭を見ると、中央の大きな木に下がったブランコに助手のIさんが乗ってブラブラ漕《こ》いでいる。ポッンと無心にいつまでも。その様子に引きつけられた。

ついに部屋割りが決まり、私の部屋はあそこだ。テントに草葺《くさぶき》の屋根がついているだけで鍵はない。布をマジックテープで閉める方式。ベッドがふたつあり、洗面所とシャワー室。すでに蚊に2カ所刺された。虫刺されの薬を持ってくればよかった。虫よけは持ってきたのに。

このテント…、一見きれいに整理されているけどよく見るとかなり古い。虫など、気になる。

4時45分に集合して、近くのミシン族の村を見学。

ヤギの家族、鶏の親子、ブタ、井戸、動物の角。いろいろ興味深い。若い女性たちの写真は断られた。だよね。パチパチ撮られるの、嫌だよね。

道ばたに赤いおしろい花が咲いていた。日本のと同じだ。

「この花の匂い大好き」とフクちゃんに教えたら無言で匂いをかいでいた。

「先生ってさあ、目が合いそうになると、微妙に視線をずらして、宙に漂わせて、目を合わせないようにするのがうまいよね」と私がおもしろそうにフクちゃんに言うと、

「そうですかね…。なんか目がキョロキョロしてますよね」。
「そうそう。爬虫類《はちゅうるい》のような小さな冷たい目がチロチロ動いてんの。面倒くさいんだよ、きっと。なんか聞かれんのが」

村の女性が機織りしているところを若夫婦の美人妻が熱心に見て質問をしていた。布に興味があるようだった。

小屋の壁にハブラシと歯磨き粉を差し込んでいる収納法がよかった。


村見物が終わってフクちゃんが、「ミシン族だったけど、ミシン…」。

「なかったね」

Oさんから青い檸檬《レモン》をもらう。村に生ってた檸檬。

帰り道、水田があって、若い緑の稲がきれいだった。日本みたいだった。

部屋に帰って蚊取り線香をたく。防虫シーツ、コクーンをしつらえる。

7時半、夕食。

外に出るともう暗い。中庭で人の声がする。近づくとフクちゃんやフナちゃんたち。ホタルが飛んでいた。チカリチカリと青白い光がゆれる。

空には星がたくさん。見たことのない星座。

フナちゃんが「私は衝動的な行動をとることがあって…」と話しているのが聞こえてきた。

へえ〜、そうなんだ。私もだよ。みんなそれぞれ、いろいろあるよね。

半オープンのレストランにはランプの明かり。とてもあたたかい雰囲気。時代を忘れる。さわがしい虫の音もいい感じ。

テーブルの向かい側にフクちゃん。隣の席には森の妖精のようなかわいいフナちゃん。

フクちゃんの隣には孫悟空さんがいて、「夢を見たの」と言う。「きれいな川が流れていて、そこにとてもきれいな宝石があったの」。

「私も見た」と私。「お酒を飲んでいいかって聞いたら、3〜4杯ならいいって」。

孫悟空さんは坊主頭にもみあげだけまだ長い。そのもみあげを指して、

「ここだけ、まだ切れないの」と。まだ煩悩があるから、ということか。

フクちゃんが私を見て「一緒に旅行できてよかったです」と言う。

「私たちはいちばん近いかも。この中では。私ね、人の魂を見れるの。目を見ると」

「またあ〜」とフクちゃんが勘弁して下さいとばかりにテーブルに顔を突っ伏す。

言葉を投げかけて、その反応をみて相手を知る私は、「あ、そうなんだ。スピリチュアルっぽい話はダメなんだね」と思い、それ以上は言わない方向に切り替えた。

「まあでも、種類があるじゃない。人には」とやわらげる。

「そうですね」

フクちゃんは、ぼーっとしてるように見えるけど、余計なこともうっかりしたことも言わない。率直で落ち着きがある。将来、どんなふうになるのか見てみたい。

食後、ひとりひとり短い感想を言うことになった。

端から順番にやってくる。フクちゃんの番が来た。もう倍音声明は飽きたなんて言ってたくせに、「日本に帰って足りない部分をより深めたいです」なんてそつなくうまいこと言ってる。

私は、「初心者なので、大きな声で長く声を出そうと思うことが楽しかったです。それ以外でも、移動の時とかにいつも考えていたことの答えが見つかったり、気づきがありました。ありがとうございました」と言った。

テントで眠れるかなと不安だったけど、しばらく扇風機をつけてたら、すぐ眠れた。

7月23日（日）

朝起きてトイレに行ったら、便器の中でゴキブリがバタバタしていた。

ここはエコキャンプ。ゴキブリを助けなくては。ティッシュを船にして助け出す。

洗面所にも虫がたくさんいた。びくびくしながら顔を洗う。

6時。フロントに荷物を出して、朝食。

隣にサスケがいたので、「この旅で何か気づきがあった？　私は今後のことをいろいろ考える時間があったよ」。

「私は、やろうかどうしようかと考えていたことをやめることにした。まだいいかな、いつでもいいかなと思って」

「それっていうのは、なに？」

「師範科のクラスに進むこと」

まあ。


7時。

ドライバーさんたちが集まって木の上を見ている。

枝に珍しい鳥がいると教えてくれた。「ホーンビル（サイチョウ）」という鳥だ。

ちらっと見えて、すぐに飛んでいったけど、木の上の枝にとまっているところをちょうどうまく写真に撮れた。

出発前にフロントの前の庭に出て、みんなで集合写真を撮る。先生を取り囲んで生徒、ドライバーさん、通訳さんなど全員で。それから先生とドライバーさんたち。なごやかな雰囲気。

Oさんから、パスポートが大事ですと念を押される。

このジャングルっぽいエコキャンプがとても好きだった。湿度が高くて、暑くて、熱帯の花が咲いていて、生き物の匂いがムンムンするようなところ。

出発してからはほとんどカーチェイス。時おり雨の降る中をすごい速さでビュンビュン飛ばす。道沿いの民家、川、住民。教会から出てきた人。

1時間半後にトイレ休憩。ここでは晴れて、とても暑い。ジャスミンの白い花が咲いていたのでひとつつまんで手帳に挟み、押し花にした。すごくいい匂い。道路に出る手前、男の子が黒い山羊《やぎ》を連れて歩いていた。

10時半にふたたびトイレ休憩。ごちゃごちゃととても賑《にぎ》わう食堂でチャイを飲んだりお菓子を買う。私はデーツと、ナッツと、国内線の飛行機で出たというプルーンの甘酸っぱい小さな飴《あめ》を見つけたので買った。

12時、レストランでランチ。最後のみんなで食べるごはんだ。トマトスープ、バターナン、サフランライス、オクラソテー、ほうれん草、ミルクチーズ、じゃがいもカレー、チキン、チャイと食べきれないほど出てきて豪華だった。

食事も終わりかけた頃、運転手さんとガイドのパンカジさんにお礼を渡す。拍手でねぎらう。ありがとうございました。ごくろうさまでした。

そして私たちにも、なんとアッサムティーがプレゼントされた。うれしい。買いたかったけど機会がなかったから。楽しく和気あいあいなムード。

隣に座ってるハマちゃんに「時々先生がいること忘れるよね」と言ったら、

ハマ「うん。そう。いなくてもいいかなって」

パチン。私がハマちゃんの腕を叩《たた》いた音。

私「海の中の生き物に似てるって言われたことない？」

ハマ「ない。似てる？」

私「うん。でもそれが何なのかはわからない」

グワハティ空港に到着した。

スーツケースを引いて空港に入る。ここでお世話になった運転手さんたちとお別れ。

記念に写真を撮る人たちもいた。言葉がわからないので会話はできなかったけど、過酷な道路の運転をしてくれた運転手さんたち、ご苦労様でした。

デリーで乗り換えだが、荷物はここで預ける。

海外旅行はじめてのAさんのスーツケースがとても大きかったので、「大きいね…」と言ったら、スーツケースをレンタルする時に10日間と言ったらこれを勧められたとのこと。「これぐらいないと、って。でも次はもっと小さいのにします」って。そうだね。その半分でも私より大きいかも。

旅慣れると、だんだん荷物は少なくて済むようになるからね。


出発ロビーの売店をアネゴたちとのぞく。アネゴはイヤリングを買っていた。

私は「見ざる言わざる聞かざる」の小物入れがとても気に入ったので手に取って何度もながめた。うーん。かわいい。どうしよう。

ビーズがちりばめられたとてもきれいな金色の宝石入れ。4000円。けど、迷ったすえに買わず。

たぶん、買って帰っても、これをただどこかに飾って、それでそれきり忘れる気がする。見ざる言わざる聞かざる買わず、だった。

アネゴたちと話しながら搭乗を待つ。トイレに行ってくると言って、行って帰って、ちょっと離れた場所にあった空いてる椅子に座っていたら、なかなか搭乗の様子が見られない。ふとまわりを見ると知ってる人がいない。だれも。

あれ？

どういうこと？

あわててキョロキョロさがす。もしかしたらと思い、下の階に行ったら、いた。出発ゲートが変更になったのだそう。もうすぐ出発だった。ガイドのパンカジさんは必死になって私をあちこち捜し回ったそう。

「初めて女子トイレにはいりました」と笑ってる。

「すみません～」と大恐縮。

本当に悪かったわ。勝手に離れたところに座ったから。


国内線も私だけビジネスクラス。丸くて甘いシロップにつけられた揚げたお菓子がでた。今まで出たのは白だったけどこれは茶色だった。


デリー空港で国際線に乗り換える。壁から大きな仏像の手がいくつもつき出てるロビーを移動。この手が大好き。

しばらく時間があったので、私は去年体験したフットマッサージのお店を探す。確か雑貨屋さんの奥にあったはず。

あったあった。去年は上手な女性がやってくれたけど、今日は若い男の子で、とても下手だった。下手なマッサージは一瞬でわかる。まるで生まれて初めてやった人のよう。たどたどしい。がっかりしたが、しょうがなくじっとマッサージされる。

終わってホッとした。

時間が来たので急いで買いたかったデーツのお菓子を買って搭乗口に向かっていたら、お土産を抱えたヒロコさんとバッタリ。一緒に走る。

急げ急げ。

ゲートにOさんが待っていて困り顔で怒ってる。すみません〜と平謝り。


エアインディアのビジネスクラス。帰りはもう期待はしない。

でも、あれ？

行きと違う。とってもきれいに見える。行きはボロボロだったけど。テレビもひじ掛けに収納型の小さいのじゃなくて前に埋め込み式の大きい画面。アメニティグッズも立派。ポーチに鏡やリップバーム、オードトワレまで。パジャマも配られた。パジャマは一度いらないと断ったけど考え直し、おみやげにしようといただく。

隣に人もいなくて快適。

まず、今夜ひと晩の居心地のいい基地を整える。持参した着圧靴下を穿《は》いて、その上にアメニティグッズの靴下とスリッパをはき、寒かったのでパジャマの上を着た。

いい感じ。

さて、映画でも見ようかな。来るときに見て、途中だった「美女と野獣」を。

が！

コントローラーが壊れてる。何度やっても。画面はついて、タッチパネルなら作動するけど、コントローラーの方が。こんなの不便。いちいち起き上がって前に移動して画面にタッチしないと一時停止もできないとは。

考えた末、隣の席に移ることにした。

するとその席のコントローラーは椅子の下に潜り込んでいてどんなにひっぱっても取り出せない。客室乗務員を呼んで、取り出してもらった。

ふう。これで大丈夫と思い、いざつけようとしたらつかない。ボタンがたくさん壊れていて操作すらできない状態だ。

しょうがないのでまた元の椅子に移動して、タッチパネルを使いながら映画を見る。

夜遅い便なので夕食は簡単なワンプレートみたい。メインはチキンを注文した。みんなに配られる。なのに私にはなかなか来ない。お客さんは5〜6人しかいないのにあったためてるのかな。

じっと待つ。見ると、もう食べ終えた人もいる。

…誰も来ない。どういうこと？

催促しよう。

席を立って、「ディナープリーズ」と言いに行ったら、客室乗務員さんが「エエッ？」と驚いていた。すっかり忘れられていたのだった。「ソーリー」と何回も言われる。

ワインはまずかった。

で、寝る前にお手洗いに行こうとしたらまたまたパニック。

私の席からトイレまでの道がない。前後のクルーのカーテンは閉じられてるし、真ん中の座席で寝ている人はフルフラットにしているので完全に壁になっていて通れない。どうしようと迷う。

通路を行ったり来たりする。

どうしようもない。

考えた末、盗賊みたいに、人が寝ているシートの台の上にそうっと乗って、起こさないように息を殺して飛び越えて向こうの通路に移った。人が少なかったからできたこと。

本当に何から何まで我が道を行くエアインディアのビジネスクラスだったが、掛布団はよかった。

成田空港に着いて、先生に挨拶《あいさつ》をしなければと思い、「どうもありがとうございました」と言いに行った。「はいはい」という感じだった。

お互い小さな荷物を転がし、アネゴと最後に地下の簡単なカフェでお茶を飲む。

ここでやっと職業などを聞いた。やはり私が思った通り、外資系の会社に勤めてい

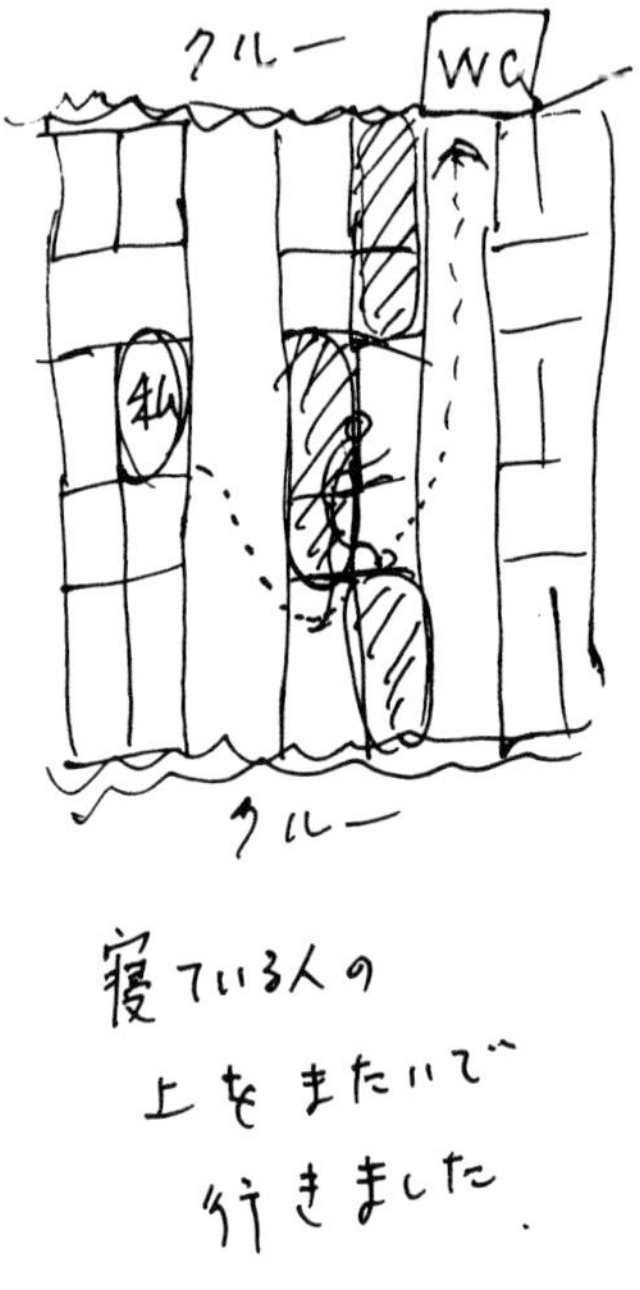
クルー
WC
私
クルー
寝ている人の
上をまたいで
行きました

って、私でも知っていたあるアミューズメント施設の立ち上げのプロジェクトにかかわっているという。

「へえ～。あそこってどうなの？」と聞いたら、少し考えたあと、「ダメでしょうね」と。予定通りオープンはするだろうけど長期的な成功は難しいのではというニュアンスだった。

私が「詩を書いている」と伝えたら、「え、このひと大丈夫か？」と、ちょっと怪しく感じたとあとで教えてくれた。そのような職業の人がまわりにいないみたいだった。

アネゴとはその後、一度だけ会った。

ヨガ教室へは8月まではイベントなどに参加したけど、それからは行っていない。

そうそう。

アネゴとカフェで交わした会話で好きだったとこがある。

私「何をするのが好きなの？」

アネゴ「何もしないのが好き」

しばし沈黙。考えをめぐらす私。

私「うーん。何もしないってことが私にはないから、そのことが私にはわからない」

アネゴ「何をするのが好きなの？　って聞かれたら何もしないのが好きと答えることに私はなっている」

こういうとこ。

あとがき

この旅は移動が多かったせいで、車の中などでいろいろなことをたくさん考えることができました。特に帰りの車の中では、ひどいガタガタ道だったけど、新たな気づきもありました。それが何だったかは覚えていませんが、その頃に考えていたことのひとつの指針、心境の変化が起こったような感じです。

非言語の会話じゃないけど、意識した体験以外の意識下の体験も多かったのではと思います。そちらの方が重要かも。

今回なにかのご縁で、飛び入りのようにこの旅に参加させてもらえて、とても楽しかったです。今頃みなさんそれぞれにますます精進されているのではないかと思います。先生は趣味も多く、エネルギッシュで、仙人のようでもあり、いたずらなギャングのようにも見えました。

先生が瞑想《めいそう》中に空中に浮かぶところは見られませんでしたが、「現象というものは、同じ段階に到達していなければ見えない」ということをのちに知り、興味津々で薄目を開けて見ていた私がとうていその段階に到達しているはずはなく、もっともだと思いました。

その人に見えるものはその人のレベルに合っているものなのでしょう。私には今、私に見えている身のまわりのものがある。これを大事に生きていきます。

最後に、この旅で最も印象に残ったあの言葉を書いておきます。ここまで読んでくれてありがとうございました。また次の旅で会いましょう。

銀色夏生

ハラへってるのが好きなんですよ
ハラへってるなーって
すごいハラへってから
くうのが
（ミニ）

人生という

よい旅を

本書は書き下ろしです。

インドの聖地《せいち》タワンへ瞑想《めいそう》ツアー

銀色夏生《ぎんいろなつを》

令和5年 11月25日　初版発行

発行者●山下直久

発行●株式会社KADOKAWA
〒102-8177　東京都千代田区富士見2-13-3
電話　0570-002-301(ナビダイヤル)

角川文庫 23894

印刷所●株式会社暁印刷
製本所●本間製本株式会社

表紙画●和田三造

ISBN 978-4-04-114105-2　C0195

◇◇◇

角川文庫発刊に際して

角川源義

第二次世界大戦の敗北は、軍事力の敗北であった以上に、私たちの若い文化力の敗退であった。私たちの文化が戦争に対して如何に無力であり、単なるあだ花に過ぎなかったかを、私たちは身を以て体験し痛感した。西洋近代文化の摂取にとって、明治以後八十年の歳月は決して短かすぎたとは言えない。にもかかわらず、近代文化の伝統を確立し、自由な批判と柔軟な良識に富む文化層として自らを形成することに私たちは失敗して来た。そしてこれは、各層への文化の普及滲透を任務とする出版人の責任でもあった。

一九四五年以来、私たちは再び振出しに戻り、第一歩から踏み出すことを余儀なくされた。これは大きな不幸ではあるが、反面、これまでの混沌・未熟・歪曲の中にあった我が国の文化に秩序と確たる基礎を齎らすためには絶好の機会でもある。角川書店は、このような祖国の文化的危機にあたり、微力をも顧みず再建の礎石たるべき抱負と決意とをもって出発したが、ここに創立以来の念願を果すべく角川文庫を発刊する。これまで刊行されたあらゆる全集叢書文庫類の長所と短所とを検討し、古今東西の不朽の典籍を、良心的編集のもとに、廉価に、そして書架にふさわしい美本として、多くのひとびとに提供しようとする。しかし私たちは徒らに百科全書的な知識のジレッタントを作ることを目的とせず、あくまで祖国の文化に秩序と再建への道を示し、この文庫を角川書店の栄ある事業として、今後永久に継続発展せしめ、学芸と教養との殿堂として大成せんことを期したい。多くの読書子の愛情ある忠言と支持とによって、この希望と抱負とを完遂せしめられんことを願う。

一九四九年五月三日